JN248427

能無しと捨てられましたが、
真の聖女は私でした
～聖獣と王様と楽しく働いているのでお構いなく！～

藤 実花

目次

CHARACTER

追放された聖女

ルナ

聖女生活5年目のある日、精霊の声が全く聞こえなくなり、役立たずと罵られ国を追放されてしまう。前向きでマイペース。

シャンバラの若き王

カイエン

若くしてシャンバラを率いる絶対君主。民からも絶大な支持を得る。真っすぐなルナに惹かれ、圧倒的な愛と優しさで包み込む。

ルナの守護聖獣

ディアーハ

ルナが召喚された日に天から舞い降りた守護聖獣。ルナにとって漫才の相方のような、気の合ういい友人でもある。

ルナの癒し

シータ

王宮に住む孤児。ルナと一緒に暮らすことになり、妹のようになついている。とびきりの元気印でルナが大好き。

能無しと捨てられましたが、真の聖女は私でした

聖獣と王様と楽しく働いているのでお構いなく！

Nounashi to suteraremashita ga, shinnoseijo ha watashi deshita

キレ者の宰相
シスル
シャンバラの宰相で、カイエンの右腕的存在。頭が切れ、一見クールだが人情派でルナのよき理解者。

ロランの王子
ラシッド
ロラン王国の王子。若くて見目麗しい。ルナに聖女としての能力がないとわかると冷たい態度で追放する。

ルナの恩人
ハシム
右も左もわからずシャンバラにやってきたルナを助けてくれた恩人。集落唯一の医者。一人暮らししている。

アッサラームの側近
アミード
カイエンの姉が嫁いだ国・アッサラームの側近。ルナが栽培した芋を評価し、貿易を持ちかける。

Earth mother goddess

ルナを追放した国王
ロラン王
ロランの国王。若い新妃に手玉に取られた挙句、聖女として活躍していたルナを手のひら返しで追放する。

地母神
ガラティア
大地と豊穣を司る神。膨大な力を持つ。見た目はかわいい少女だが、老女のような喋り方をする。

第一章　聖女、失業する

――ロラン王宮、北側にある大神殿。

設えられた祭壇に祈りを捧げる私は、うなだれ深く溜め息をついた。傍らで成り行きを見つめる神官たちがざわつき、王と王子はひそひそと囁き合っている。

嘲笑、蔑み、落胆。様々な負の感情が私の背中に突き刺さる。

精霊たちの声が聞こえなくなってもう三ヶ月経つ。

いったい、自分になにが起こっているのか。

私は暫し放心し、ただひたすら空を見上げた。

諸岡月、当時、農業大学の四年生だった私は、ある日異世界へと召喚された。

突然目に飛び込んできた目映い光。光が収束すると、そこは外国のお城みたいな場所で、人形のように整った顔の王子が跪き、私を『聖女』と呼んだ。

この国の名はロラン。王政を敷く、中世ヨーロッパのような世界である。ここでは、天災や災いが続くと、聖女を呼ぶ儀式が行われ、どこかの世界からひとり、女性が召喚される。

つまり、私は『聖女』としてこの世界に呼ばれたのだ。

なぜ私が『聖女』なのか？

ただの大学生だった自分にそんな力はない！と周りに力説したけれど、徐々にその謎は解けた。

どうやら、この世界の私には、不思議な力があったのだ。万物に宿るあらゆる精霊と会話ができ、無条件で愛され、力を貸してもらうことが出来たのである。

例えば、日照りが続けば雨を降らせたり、燃え上がる炎を瞬く間に消したり、突風で敵を飛ばしたり。

全ての精霊が私の友達で、味方であった。

しかし、変化は聖女生活五年目で突然訪れた。精霊の声が全く聞こえなくなってしまったのである。奇しくも、国王陛下が新しい妃を娶った祝いの年、国中がお祭り騒ぎをする中でのことだ。

「ルナ。もう、これ以上は無理だろう」

王子のラシッドが私に声をかけた。

ロラン王は、今日神殿で雨を降らすことが出来なければ、新しい聖女を召喚すると宣言している。

五年前から、ずっと私にすり寄ってきたラシッドでさえ、力がないとわかると、新しい聖女の召喚に賛成したようだ。

「で、でも……」

もう少しだけ挑戦させて欲しい。と、続く言葉は、王に却下された。

「もうよい。アイーシャを娶ったためでたい年に聖女の力が失われたと民に知られれば、あらぬ噂が立つ！　それは、避けねばならん」

「父上。ルナは年のせいで力を使い果たしたのでしょう。やはり、聖女は若く才気に満ちた者のほうがいいですね」

ラシッドの言葉に、私は唖然とした。

年のせい、ってどういうこと!?

私は今年二十七歳……確かにこの世界では、独身の二十七歳なんて化石もいいところだ。でもそれを、本人の前で言うなんて失礼にもほどがある。

ラシッドはもうすぐ十七歳を迎える、若くて見目麗しい美男子だ。キラキラと輝く金髪と湖のように深い碧色の瞳は、おとぎ話に出てくる王子様を彷彿とさせる。

しかし、外見は人並み以上でも、それ以外はポンコツ。甘やかされて育ったせいか、わがままで人を思いやれず、失言の多さで王宮内での人望は薄かった。

それでも、私とは結構仲がよかったのに、こんな手の平返しの仕打ちはあまりにも酷い。

「ラシッド。すぐに魔鉱石を集め召喚の準備をしろ」

「はい、父上！」

ラシッドは王の命令を遂行するために、直ちに準備に取りかかる。

「神官たちはそこの役立たずな女を早く祭壇から下ろせ」

「御意、陛下！」

神官たちは申し訳なさそうに私に駆け寄った。

五年の間、ともに暮らした神官たちも王の命令には逆らえない。力のない聖女を庇う余裕は誰にもないのだ。私が腕を掴まれ祭壇から引きずり下ろされると、突如白いものが空を旋回した。

それは聖獣ディアーハ。

私が召喚されたと同時に天から舞い降りた守護聖獣で、翼の生えた白虎の姿をしている。

「ディアーハ！」

名を呼ぶと、聖獣は大きな翼で神官を威嚇し、私を背に乗せた。

「おい！　なにをしておる！　女はどうでもいいが、聖獣は逃すな！　それは我が国のものだぞ」

王が叫ぶと、神官のひとりが諌めるように言った。

「しかし、陛下！　聖獣は聖女の守り神。たとえ力を失っていても聖女にしか従いませせぬ」

「ふんっ。ならば、新しい聖女が誕生すれば、新しい聖獣が生まれるのだな？」

「もちろんです。聖女降臨とともに、生まれる筈でございます」

王はディアーハに乗った私を見上げ睨んだ。

「役立たずは去れ。アイーシャが気分を害する前に消え失せろ」

勝手に呼んでおいて、いらなくなったら去れなんて。

以前は、こんな人じゃなかった。優しい笑顔の気さくな方だったのに、溺愛する王妃を亡くしてから、人が変わってしまった。

ふらりとやって来た占い師アイーシャに頼りきり、なにもかも彼女の言う通りにした。艶やかな黒髪、神秘的な佇まいに豊満な身体を持つ美しいアイーシャは、いとも簡単に王の心を射止め、妃の座につくことになったのである。

「陛下、さようなら！」

私が叫ぶと、ディアーハが勢いよく飛翔した。

祭壇はぐんぐん遠くなり、王も神官も豆粒のようになる。五年間、健やかなれと祈ったロランに、もう私は必要ない。すぐに新しい聖女が来て、彼女が祭事を行うのだから。

ディアーハの背に乗って見下ろすロランの町は、平和そのものだった。人々は日々の糧のために働き、言葉を交わし笑い合う。たまに小競り合いもあるけれど、それはどこにでもある日常の風景だ。

まさか、聖女が失業して追い出されたなんて、誰も考えていないわよね？と、自分で言って悲しくなった私は、気持ちを切り替えてディアーハに話しかけた。

「どこに行こうか?」

「………」

ディアーハからの返答はない。

精霊と交流出来なくなってから、ディアーハとも話せなくなっていた。こうなる前は、漫才の相方のように気の合ういい友人だった。私のつまらない冗談に、ディアーハが突っ込んで、笑って、怒って、泣いて。

思い出して切なくなったけど、会話が出来ないだけで、こちらの話を理解していることは態度でわかった。

「隣の国にでも行く? ほら、南のシャンバラ。大干ばつがあって、今も土地が痩せて大変だって聞いたわ」

すると、ディアーハが振り返った。

その表情は「力が使えないのに、行ってどうするんだ?」と言っているように見えた。

「力は使えないけど、なにか出来ることはあるかもしれない。土地の状態を見て、適切な作物を植えるとか……そういうの専門だから」

私はこの世界に来る前、農業大学に在学していたので、土地や作物に関しては少しだけ詳しい。

豊かな土壌を作り、その土壌に育つ作物との関係を実地体験でデータにする、という研究もしていた。

だから、精霊の力は借りられなくとも、自分の知識を役立てられないかと考えていた。

力になれないかもしれないけれど、その時は、鍬を持って一緒に畑を耕そう。

私の意気込みを感じてか、ディアーハはガウッと一度吠え、南に向かって翼を旋回させた。

百八十度変わった景色には、真正面に太陽がある。

それは私の行く先を阻むものか、照らすものか。

なにもわからないけど、まだ見ぬ大地に心を馳せながら、私とディアーハは一路シャンバラへと飛んだ。

――大干ばつ。

この世界では、たまに起こる天災で、全く雨が降らなくなって大地が干上がり、作物が枯れる。

それを防ぐために、異世界から聖女が呼ばれるのだけど。

元々、聖女を呼ぶ儀式には大量の魔鉱石が必要で、産出される国は数えるほどしかない。ロランは領地に巨大な魔鉱石鉱山を持っていて、それゆえに大きな繁栄を遂げてきた。豊富な魔鉱石と、聖女の力。それらを全て持っていたロランは、この世界の王といっても過言ではなかった。

南のシャンバラは、大干ばつの折、ロランへ聖女の派遣を願い出た。しかし、その願いをロラン王は断った。ロランの魔鉱石で召喚した聖女は、ロランのもの。だから、他国への派遣はできぬと、一刀両断したのである。

その情報は私には知らされず、世界を周遊する風の精霊に聞いた時には、シャンバラは壊滅的な打撃を受けていたあとだったのだ。

「そろそろ国境ね……」

呟(つぶや)くとディアーハが高度を下げた。

雲の隙間から見えたのは、茶色の大地。

よく見えなくて身を乗り出した私は言葉を失った。ちょうどロランとシャンバラの境目から、色が変わっていたのである。ロランが緑豊かな草原であるのに対して、シャンバラは乾いた大地がひび割れて一面黄土色。

それはもう、天と地ほどの差があった。

「シャンバラがこんなことになっていたなんて……人は、人は住んでいるのかしら」

「この辺にはいねぇな。もっと内陸には生体反応があるぜ？」

「そう、じゃあ、そこに……ん⁉」

突然聞こえた声に、私は目を見開いた。

ここはシャンバラ上空である。当然周りに人はいない。いるのは、私とディアーハだけで、今彼とは会話が出来なかったはず……。

「やっと俺様の声が聞こえたな？　全くよぅ、シカトもほどほどにしやがれってんだ！」

「ディアーハ⁉　ディアーハ、喋(しゃべ)れたの？」

「俺様はずっと話してたぜ？　お前に伝わってなかっただけだ」

「え……そうなの？」

ディアーハは、また一段階高度を落とし、枯れた大地と平行して飛んだ。

「ロランは今、なにかがおかしい。詳しくはわからないが、精霊たちの気配がしないし、すごく嫌な感じがする」

「嫌な感じ？　それが精霊やディアーハの声が聞こえなくなった理由なの？」

「たぶんな。その証拠にシャンバラに入った途端、俺様の声が聞こえただろ？」

「……そうね、そうだわ」

ちょうど、シャンバラへ抜けた頃から体が軽くなった気がする。

ディアーハが言ったロランの「嫌な感じ」は、ここシャンバラにはない、ということなのだろうか。でも、相変わらず精霊の声は聞こえず、姿も見えなかった。

「まぁどっちにしろロランは出るべきだった」

鼻先をこちらに向けながら、ディアーハは言った。

「どうして？　なにかがおかしいから？」

「人が傲(おご)ると、地脈が乱れる。地脈が乱れると、悪意が寄ってくる。これは人の世の理(ことわり)だ」

「ディアーハ、ちょっと難しいわ」

彼の言うことは、抽象的で理解がしづらい。ただわかるのは「よくない状況」だということだ。

「まぁ、見ていろ、今にわかる……お！　あそこに小さな集落があるぞ？　降りるか？」

「え？　ほんと？」

見下ろすと、集落のようなところから細い煙が立ち上っている。人がいる証拠だ。

「降りよう！　シャンバラの状況も聞きたいし、なにか出来ることがあるかもしれない」

「了解だ、少し揺れるぜ？　掴まってろよ！」

言うや否や、ディアーハは滑降を開始した。

頬に当たる風が激しくなり、重力がかかる。そうして、あっという間に集落脇に降り立つと、ディアーハは屈んで私を降ろした。

「地面が乾いてるわね」

遥か上空から見た大地の状態と、集落の大地の状態は殆(ほとん)ど変わらなかった。どこも全く水分がなく、痩せていて固い。雨が全く降らないのが原因か、地下の湧水ですら枯渇したのか。どちらにしろ、これは深刻すぎる事態だ。

「おい、あんた誰だ?」

集落の中から声が聞こえ、私は振り向いた。

そこにいたのは、ガリガリに痩せた老人の男で、歩くのもつらいのか、杖で体を支えていた。

「あの、私はルナと申します。シャンバラの現状を知りたく、ここにやって来ました」

「なんと物好きな……こんな辺鄙なところに来る人間が、未だにいるとはな。まぁ、そこではなんだ。集落内に入りなさい」

老人は柵のこっちにいる私を手招きした。

「はい。ありがとうございます」

(俺様は暫く身を隠している。用があれば呼べ)

ディアーハは、私の頭の中で囁くと、気配を消した。彼ら聖獣は、本来は繊細で、人に姿を見られるのを嫌い、人の気配に敏感だ。恐らく老人が来る前には姿を消し、見られてはいないと思う。見られていれば、翼の生えた真っ白な虎を見て、老人が驚かないはずがない。

柵を潜り中に入ると、廃墟のような家が何軒かあり、広場には埃っぽい風が舞い上がっていた。

奥に向かって歩いて行く老人の後ろを、私はひたすら付いて行く。その道すがらすれ違ったのは、たったひとり。

それも老人である。

「ここだよ。狭いけど入んな」

「ありがとうございます」

招かれた家の中には、誰か家族がいた形跡があった。

使いかけの食器にはうっすらと埃が積もり、老人のものではない羽織と服が綺麗に畳んで置かれてある。

誰かがいたけど、最近どこかへ出かけた、そんな感じだ。

「あの、ここには、おひとりで住んでいるのですか？」

「……今はな。ちょっと前は娘と娘婿（むすめむこ）がいて、その孫娘と一緒だったよ」

「その方たちはどこへ？」

尋ねると、老人は遠い目をした。

「大干ばつで、この辺りは作物が全く穫れなくなってな。かろうじて開墾できる土地を探して出ていったよ」

「そうですか。でも、どうして一緒に行かなかったのですか？」

「ワシはこの集落でたったひとりの医者なんだ。残った者は老人ばかり。皆どこか体を悪くしとるから、離れるわけにはいかんのだ。それにな、週に一回、都から補給部隊が来るのでそう不便ではない」

「補給部隊!?　それはシャンバラの……国の配給ですか？」

驚いて私は身を乗り出した。

「そうさ。シャンバラの国王陛下、カイエン様が先頭に立って動いておられるのだ」

老人はありがたそうに手を合わせた。

シャンバラの都から、国境付近の集落まで補給しに来るのは滅法効率が悪い。それならば、人を都近くに集めるほうがなにかと都合がいいはず。そうしないのは、この集落の老人のように事情がある人のため……。

私は俄然シャンバラという国に興味が湧いた。そして、なんとか力になりたいと思った。

「おじいさん、補給部隊は今どこにいますか？　都？」

「いや、昨日ここに来たからな。今日は恐らくふたつ先の集落で夜営するだろうな」

「そう。ありがとう！」

「そんなことを聞いてどうするつもりなんだ？　まさか、歩いて行くのかい⁉　それは無理だ！　ふたつ先の集落まではかなりの距離が……」

「あ、それは平気です。私、飛べますので」

そう言うと、老人はポカンと口を開けた。しかし暫くすると、なにかに気付いたようにハッとした。

「そういえばあんた、ここまでどうやって来た？　そんな術師のようにヒラヒラな服を着てたんじゃあ、この山あいの集落に来るのは大変じゃったろう⁉」

「服？　あっ⁉　そうですね、これじゃあ動きにくいわ。おじいさん！　あの服を貸してくれませんか？　代わりにこのヒラヒラ差し上げますので」

指摘されるまですっかり忘れていたけど、聖女の衣装のまま飛び出して来たのだった。

裾も袖も長く、ヒラヒラでキラキラ。こんなものを着ていると、怪しまれてしまうわ。

私の言葉に、老人は呆れたように空笑いをした。

「いや、聞きたいのはそういうことじゃなくてな……まぁよいわ。わざわざこんな貧しい集落に、悪さをしに来る人間なんておらんだろうしな。ほれ、娘の服でよかったらこれを着ていけ」

「ありがとう！　おじいさん！」

渡された服は、落ち着いた色の深い赤で、この地方特有であろう刺繍が刻まれていた。

シャンバラの民族衣装だろうか？　初めて見たけど、動きやすそうでとても美しい。

服を抱え、さっと衝立の後ろで着替えてみると、サイズもぴったり、まるで採寸した服のように着心地がよかった。

「娘が帰ってきたようだな……」

老人は淋しそうに呟いた。

雨が降り土地が潤えば、彼の家族もきっとここに帰ってくる。そうしたら、もう、淋しそうな顔をしないよね。

「そうだ。おじいさんのお名前は？」

「ワシはハシムじゃ。ふふ、誰かに名を尋ねられるなんて、久しぶりじゃ。ルナ、道中気を付けて行くがいい」

「うん、ハシムさん！　また、会いましょうね！」

私がにっこり微笑むと、老人ハシムは曲がった腰をスッと伸ばし、照れ臭そうに笑った。

ハシムと出会った集落から、次の集落までは、だいたい一時間くらいかかった。

しかしこれは、飛んで行ったからであって、地上を歩けばその何倍もかかるはず。もし、ディアーハが空を飛べる聖獣じゃなかったらと考えて、私は青ざめた。熱い地上を土埃にまみれながらの道中はかなりきついし、水も食糧もないのでは、すぐにダウンしてしまう。

改めてディアーハのありがたみを感じながら、また次の集落を目指し進むと、途中で一番星が天空に現れた。

「もうすぐ日が暮れるな」

「そうね。真っ暗になる前に着くかな？」

「わからんが……お？　ルナ、あれがそうか？」

ディアーハは鼻先で、遥か前方を指した。

そこには、細かい火が転々と、丸い円を描くように並んでいる。あんなに煌々と火を焚くのは、何者かが滞在しているのに間違いない。それはきっと補給部隊だ。

「たぶんそうね。暗くなる前には追いついたけど。すぐに会ってくれるかしら？」

「シャンバラの王か？　うーん、そう簡単に会えるとは思えないぜ。お前どう見ても、普通の村娘だからな」

服を着替えたことで、目立たなくなった。だけどその代わり、神秘性はゼロ。シャンバラの衣装に馴染みすぎて、その辺の集落に紛れていても気付かれないレベルだ。

「と、とにかく、集落に侵入しやすくはなったわ！　中の様子を窺うのには打ってつけよね！」

「楽観的だな」

「うるさいわね。さぁ、近くに降りて。早速行動を開始するわよ」

ディアーハは、やれやれといった感じで下降し、集落近くの小高くなった丘に舞い降りた。

「じゃあ、気を付けてな。助けがいるなら呼べ」

「うん、わかった！」

気配を消したディアーハを確認して、私は集落へと歩き出した。取り囲む松明は、侵入者を阻むように赤々と燃えている。出入口付近は更に多くの松明が灯されて万全の警備態勢のようだ。裏から入ったほうが目立たないかもしれない。そう考えて、私は裏へと回った。

思った通り裏は薄暗く、お誂え向きに柵の壊れているところがある。

どうぞここからお入り下さい、と言っているような場所だけど、そこ以外に誰にも見られずに侵入できるところは見当たらない。

「お邪魔します」

一応呟いてから、私は侵入を試みた。

不法侵入は犯罪である、という馴染みある現代の法律が、不意に頭の片隅に浮かんだのだ。

ドキドキしながら、壊れた柵を潜っている途中で、突然、なにかが私の行く手を塞いだ。

大きななにかが、内側からグイグイと私を押す。

「おいっ！　誰だ!?　そこをどけっ！」

わわっ、ど、ど、どうしよう!?　人がいる！

咄嗟に外側へ逃れようとした私の後ろから、尚も誰かが力任せに押してくる。

完全に外に出されてしまってから振り返ると、そこには男がひとり、柵に挟まって踠いていた。

「ちくしょう！　やっぱり無理か！　隙間が狭すぎた！」

「…………」

「そ、そこの娘！　オレを助けろ！」

男は私を見上げ偉そうに言ったけど、自分が今、どんなに情けない格好になっているかは、知らないらしい。

「手伝ってあげてもいいですけど……私のお願いも、聞いてもらえます？」

私は男を見下ろした。侵入の好機を逃した上に、人に見つかるという下手を打った。こうなったら、この男に恩を売り、出来るだけ王に近い人に紹介してもらおう！

「なんだ？　ああ、いや、なんでもいい。聞いてやるから、とりあえず手を貸せ！」

「わかりました。少しお待ち下さいね……（ディアーハ？）」

私が小声で呼ぶと、彼はわかっていたように柵を粉砕し、また姿を消した。

粉砕までしなくていいんだけど。まぁいいか、もし怒られたらこの男のせいにしてやればいいわ。

男は轟音に驚いていたけど、障害がなくなったのに気付くと、のっそりと這い出してきた。

「なにをしたんだ？　すごい音がしたぞ。だが、まぁ助かった。あ、いや、助かってないな」

「は？　助かってるじゃないですか」

約束を反故にする気じゃないでしょうねぇ？　そう思い睨むと、男は集落を振り返った。

「あっ！　みぃつけたっ！」

声がするほうを向くと、小さな男の子が得意気に男を指差している。

「あー見つかっちまったなー。仕方ない、オレの負けだ負け！」

「うわーい、やったぁ！　打ち取ったりー！」

嬉しそうに叫ぶと、男の子は集落の中へと駆けて行く。ひょっとして、かくれんぼの途中だったのかな？　でも、外に逃げるのはルール違反じゃないの？

「お前、村の人間か？」

突然男に話しかけられ、私は慌てた。

「あ、え、えーっとぉ……」

あからさまに怪しかったのだろうか？　男は首を捻り言った。

「村の人間がこんなところから入ろうとはしないよな？」

「は、はい。村の人間ではありません……ふたつ向こうの集落からやって来まして……」

嘘はひとつも言ってない。正しくもないんだけど……。

「アルバーダから？　歩いてか!?」

「アルバーダ？　あ、はい！　そう！　そのアルバーダ！　です」

「そうか、それは大変だったろう」

「ええ。大変でした……」

それは嘘。ディアーハの背に乗っていただけで、たまに居眠りもしていた……ごめんなさい。

しかし、私の大嘘を聞いて、男は突然優しくなった。

「ここは日が暮れるとすぐ冷える。早く中に入るといい。ちょうど補給部隊が来ているから、食糧や水をもらえ」

「ありがとうございます。あ、それからさっきのお願いを……」

「おっと！　そうだったな。大丈夫だ、忘れてない。まぁ、とりあえず入れ。それからだ」

男のあとに付いて集落の中へ入ると、中央の一番大きな家屋に黒装束の集団が出入りしていた。

彼らは背中に剣を背負い、一見して盗賊のような出で立ちである。

でも、手入れの行き届いた馬や、肩に付いている紋章で、シャンバラの正騎兵であることがわかった。

「お前、アルバーダでは見なかったな？　どこかに出かけていたのか？」

男は振り返り私に言った。

明るい場所でよく見ると、男は若く精悍(せいかん)な顔立ちをしていた。年は二十代前半、シャンバラの広大な大地を思わせる淡褐色の髪に、瞳は朝露に濡れた新緑のグリーン。力強さと繊細さのバランスが絶妙で、目が離せなくなる魅力がある。

シャンバラの兵士なのかな？　でもひとりだけ子供たちと遊んでいたし、兵士が持つ雰囲気とは少し違う。ひょっとしたら、シャンバラ王の血縁者かも？

「あ、えーと。そ、そうです」

「おかしいな。アルバーダには老人しかいなかったはずだ。お前のような女は見たことない気がするのだが」

まずい、非常にまずい。怪しまれている。

なんとか言い訳を考えていると、黒装束の集団から、インテリ風な男が叫びながら歩み寄ってきた。

「カイエン様！　また、集落の子供と遊んでいたのですか!?」

「やれやれ、うるさい奴に見つかった。まぁな、息抜きだよ。お前もどうだ？　シスル」

「結構です。本当に子供がお好きなようで……おや？」

シスル、と呼ばれた男は、私を見て片眉を上げた。

知ってるわ。小言を言い始める人間は、最初こういう顔をするのよね。

「子供と遊んでいたのではなくて、女性を口説いていたのですか？」

「口説いてない！　たまたまそこで会ったんだ！」

「へぇ？　まぁいいですけど。で、あなた、このキドニー集落の人ですか？」

シスルは更に不審な目を私に向ける。

それを遮(さえぎ)って、謎の男改めカイエンが言った。

「アルバーダから来たそうだ」

「アルバーダ!?　それはまた遠いところから。開墾地を求めてですか？　それとも物資を求めてですか？」

「いえ、シャンバラの王様に会いに来ました」

そう言うと、カイエンとシスルは顔を見合わせ、それから、ふたりして私を凝視した。

「シャンバラの王に、か？」

聞いたのはカイエンだ。

「はい。シャンバラの王は、率先して遠くの集落まで物資を補給しに行っています。それが、集落を出られない老人たちの命を繋いでいるのです。そんな愛と正義に満ちた国王陛下にお会いして、私もなにかこの国のために出来ないかと……あの、なにがおかしいのですか？」

話の途中から、シスルがクスクスと笑い始め、カイエンはびっくりしたように口を開けている。

「ちょっと！　失礼じゃないですか？　私、国王陛下の男気に感動して、どうしても会いたい、力になりたいって、ここまで来たのに！」

「ふ……ふ、ふははは っ！　あはははは っ！　いやぁ、楽しい！　楽しすぎる！　あ、あな、あなたは、王の名前も、くくっ、姿も知らないのですね？」

シスルはもう、遠慮なく爆笑している。

「はぁ!?　名前くらい知っていますよ！　確か、カイエン……」

あ、れ？

ブンッと頭を振って、隣を見ると、照れ臭そうにした男が佇んでいる。

謎の男、カイエン。ハシムに聞いた、国王の名前もカイエン。今まで集めた情報を整理すると、この目の前にいるカイエンが、シャンバラのカイエン陛下である可能性は極めて高い!?

「あの、カイエンって、も、もしかして国王陛下？　ですか？」

「ああ。オレがカイエン・ミスリル・シーザードだ。いや、まさか、そんなに崇拝されていたとは知らなかった」

カイエンは屈託なく笑った。

その若者らしい笑顔は太陽のように輝いている。

しかし私は、想像と現実とのギャップにショックを受けていた。

行動力があり、慈愛に満ちた王なんて、誰でもナイスミドルを思い浮かべるでしょう⁉

素敵なおじサマを想像するでしょう⁉

それなのに、訪ねてみれば、若くてお肌もピチピチ、やたらとスペックの高い血気盛んなイケメン王だなんて。悪いけど、ちょっとガッカリ。私、おじサマがよかったわー。

「どうしたのだ？」

カイエンが黙ってしまった私を覗き込む。

「いえ。別に」

「そういえば、さっきお願いがあるとか言っていたな？」

「あ！　は、はいっ」

そんなことすっかり忘れていた。

だけど、王様に近い人物に紹介してもらおうと思ったのに、先に王様に当たるなんて、私の運もまだ捨てたものじゃない。

「オレの元で働くのが願いか？」

「はい。よろしくお願いします！」

本当はシャンバラの痩せた土地を甦らせ、作物がたくさん育つようにしたい。

見る限り、多少の雨が降ったところで元に戻らないくらい、土地は疲弊している。

聖女の能力が戻れば、精霊の力を借りてなんとかなるだろうけど、今の役立たずの私では、出来ることは限られている。

だったら、出来ることから始めよう。

カイエンの元にいれば、いろいろ情報も手に入るだろうし、なによりみんなの役に立てる。

「うーん。お前、なにが出来る？」

カイエンは腕を組み聞いた。

「そうですね、例えば土地に適した作物を選んだり、風土に合わせた土壌に改善したり？」

「ほう！　あなた、学者の類いですか？」

今度はシスルが口を挟む。

「そこまではないですけど、土地や土、作物について勉強していましたから」

そう言うと、カイエンが身を乗り出した。

「それはいい！　今オレたちは開墾可能な土地に王宮から苗を運ぼうと考えている。だが、どの苗が育つのか、わかる人間がいない。貴重な苗を適当に植えて枯らしてしまっては、元も子もないからな」

「王宮に苗があるのですか⁉」

「ああ。こんな時のために王宮でいろいろ栽培をしていた。他国から援助してもらったものもある」

思いがけない回答に、私は面食らった。

王宮ならば、黄金や宝石といった宝物の類いがありそうなものだけど、シャンバラの王宮には苗がある。

干ばつが起こった時のために、苗を王宮で栽培するなんて、危機管理能力が高すぎない？

これだけ土地が疲弊していながら、飢え死にする人が少ないのは、きっと上の人間が有能なおかげだ。

私はますますシャンバラに興味が湧き、ナイスミドルのことをすっかり忘れた。

「そういうことなら、私、お役に立てる気がします！　開墾地にお連れ下さい。土地を見て触って、育ちそうな苗を選びます」

「よしっ！　いいだろう！　人手は全然足りていないし、やる気のある人材を探していたところだ」

カイエンは豪快に笑い、続けてシスルに言った。

「この者を使うぞ。帰路に開墾地の様子を見ながら、王都、レグラザードへと戻る！」

「はっ。そのように手配します……して、カイエン様？」

「なんだ？」

「彼女のお名前は？」

胸を張っていたカイエンは、途端に首を傾(かし)げて考えた。

いや、考えてもわかるはずないですよ。名乗ってないのだから。

「あの、名乗るのが遅くなりましたが、私、ルナと申します。以後宜しくお願いします。陛下」

「そ、そうか。ルナ、ルナだな。うん。あ、それから陛下はよせ。呼ぶなら『カイエン』でな？」

背筋をピンと伸ばし、カイエンは王者のように笑った。

「わかりました。ではカイエン様で。シスルさんもどうぞ宜しく」

「ええ。ルナさん。今シャンバラは金も資源も底を突き、人材も少ない。あなたの知識をありがたくお借りしましょう」

思慮深く見えるシスルが、ほっとしたような笑みを浮かべる。

それが、シャンバラの窮状を反映しているようで、とても気の毒になった。本来なら王の側に人を置くのに、身分を調べないなんてあり得ない。それなのに、さっき出会ったばかりで、特技の自己申告しかしていない私を雇うなんて、どれだけ人手不足なのか。

はっきり言って、私、不審人物ですよね？

でもその原因の一端は、ロランの聖女だった私にもある。こうなったら、なんとしてもシャンバラを助けなければという決意が、私の中に沸々と宿った。

その夜はキドニー集落に一泊し、私たちは次の集落『ラグン』へと向かう。

移動は常時馬のため、乗馬出来ない私はシスルと一緒に乗ることになり、道中、シャンバラ国やシーザード王家、カイエンについての話を聞くことが出来た。

カイエン・ミスリル・シーザード。

彼は第六代シャンバラ国王、シュリド・オーパル・シーザードの三番目の王子として生まれた。

ふたりの兄に、ひとりの姉。母は違えども兄弟仲はそこそこよく、平凡で穏やかな日常を送っていた。

しかし国王が突然崩御してから諍いが起こる。王太子である第一王子と、第二王子が王位を巡って争いを始めたのだ。

当時幼かったカイエンは、巻き込まれるのを恐れた母親に、既に他国に嫁いだ姉の元に預けられ、その直後、シャンバラ国は暗殺・陰謀が渦巻く黒い時代に突入する。

そして結局、第一王子は暗殺、第二王子は毒殺。残ったのはひとり、王の血を引くカイエンと、僅かな家臣たち。母親も、兄弟も、重臣も、ほとんどの人間がいなくなった王宮で、カイエンは、王として立ったのである。

「王になったのは十五歳の時。それから七年……カイエン様はやっとの思いでシャンバラを立て直したのですが」

背後でシスルが溜め息をつく。

「まさか⁉　そのあと、大干ばつが襲ったのですか？」

「そう。まさに、カイエン様を試すかのような凶事の連続です」

「そんな……」

前を颯爽と駆けるカイエンの背を見つめ、私は呟いた。

十五歳で王になり、家族も亡くし、荒れた国を復興する中での自然災害。悲嘆に暮れる暇もなく、歩み続けることを強要されるなんて、あまりにもつらい。

「しかしカイエン様は、悲しんだり落ち込んだりする様子を誰にも見せません。もちろん泣き言も言いません。いつもほら、あの通り。笑顔で皆を鼓舞してくれる。だから、大地がこんな状態になっても民は希望があると思えるのです」

シスルに促され前方を見ると、カイエンが大きく片腕を上げ号令を出したところだった。

それは力強く生命力に満ちていて、思わず見惚れるほどの王者の風格である。

「若いのにすごいですね」

「ははっ、そうですね。まぁしかし、一度恐ろしいくらい激昂したことがあります」

「なにかされたのですか？」

あんなに明朗快活なカイエンを怒らせるなんて、いったいどんな出来事なのだろう。

私は、シスルの言葉を待った。

「ロランに聖女を派遣して欲しいと願い出たのですが、断られて」

え……？

「使者が持って帰った親書を読むなり破り捨てたのです……なにが書いてあったのかわかりませんが、カイエン様が、ロランの聖女を恨んでいるのは間違いないでしょうね」

私の背中に冷や汗が流れた。「いったいどんな出来事なのだろう？」なんて呑気に考えたけど、私、思い切り渦中の人じゃない!?

知らされてなかった！と言っても、シャンバラの人にとってはどちらでも同じこと。助けてくれなかった、ろくでなし聖女である。

恐らくこの国で『聖女』はあまりよく思われていないのだ。バレたら、どんな目に遭うかわからない。

「そ、そうなのですか……」

「そんなに怯えなくても大丈夫ですよ？　カイエン様は基本、怒ったりはしない方です。特にあなたのような女性には」

「あ、はは……ははは……」

空笑いが馬上に響く。

いや、絶対怒ると思いますよ？　もしかしたら、磔(はりつけ)の刑にされるかもしれません。

「さぁ、着きました！　ここがラグン集落です」

シスルの声に目を上げると、いつの間にか、景色は先ほどと少し変わっていた。

大地が乾いていることは間違いないけど、合間から多少の緑が覗く。まだ、この土地には若干の生命力があるのだ。

補給部隊は馬をラグン集落の脇につけ、馬車から配給の物資を降ろし配り始める。

私も土壌の様子を確かめるために、シスルの馬を降りた。

屈んで土を触ると、アルバーダやキドニーよりも柔らかで、他よりも水分が多い気がした。

だけど、それは気休め程度で、作物が充分育つような土壌ではない。

「どうだ？　この辺りの土は」

振り向くとカイエンが立っている。

私は手をパンパンと払いながら立ち上がり、考えていたことを言った。

「やはり水分も栄養も足りませんね。アルバーダよりは随分マシですけど」

「そうか。ここは近くに小川があって、他よりは状態がいいはずなんだ。だが、小川の水量もだんだん少なくなっていて、あと何年かで干上がる可能性が高い」

「でも、なにもやらないよりはいいかもしれませんね。あ、イモかマメなんてどうでしょう？

定番ですけど、土が痩せていると育ちやすいですから」

「イモか……確か種芋が姉上の国アッサラームからたくさん送られてきていたな。あれはうまいし収穫時期も早くていい。昔はシャンバラ東部で盛んに栽培していたのだが、大干ばつで一度全滅したのだ。しかし、この辺でも出来るのだな、驚いた」

シャンバラでイモの栽培が盛んだったことを、私は今日初めて知った。

この世界のイモは、元いた世界の『サツマイモ』と同じもので、ほんのり甘くてとても美味しい。ロランは土地が肥えているのであまり作られていなかったけど、他国から流れてきたものがたまに食卓に上ることがあった。

「作っていたのなら、みなさん栽培は慣れていますね！　既に苗もあることですし、すぐ植えたらいいと思います。あとはもう少し肥料を足したいですけど」

化学肥料なんてないから、まぁここは家畜の堆肥でしょうね。牛か豚、鳥とか……。

ラグンの集落を見回すと、小さな鳥小屋がひとつあり、中に何羽かの鶏がいるようだ。あとは牛が三頭ほど。しかし、それでは広い土地ではとても足りない。

なにかもっとお手軽で、いい土ができる肥(こえ)があれば。鳥小屋から目を逸(そ)らせて物色すると、あるものを見て突然閃(ひらめ)いた。

「馬！　馬ですよ、カイエン様！」

「馬？　馬がなんだ？」

「馬の糞を混ぜて耕しましょう」
するとカイエンが眉間に皺を寄せた。

「シャンバラでは堆肥に鳥や牛の糞を使うのだ。馬は初めて聞く」

「あら、勿体ない！　一番いい堆肥になるのに！」

「そうなのか！　ふむ、なら話は早いな。補給部隊の馬の糞ならいくらでも使える」

「では、ラグンには馬の堆肥でイモを植えましょう！」

私が意気込んで言うと、カイエンが非常に楽しそうに笑った。

「なんで笑うのですか？　なにか面白いこと、ありました？」

「いや、普通の女は堆肥の話でそんなにいい顔しないと思ってな」

「あ……」

私は低く呟いた。

堆肥の話を楽しそうにする女なんて確かに稀である。しかも王様相手に、だ。

「すみません。カイエン様に話すべきことじゃなかったですよね？　気を付けます」

「はぁ？　謝るなよ！　気を付ける必要はない！　むしろ、オレは感動しているのだ！」

「え？　馬の堆肥に、ですか？」

「まぁ、それもあるが。周りにこんな話を出来る女はいないからな、それが嬉しいんだよ」

屈託なく笑うカイエンの笑顔に、私は釘付けになった。

そしてその瞬間、シャンバラの若き王は「人たらし」である、と確信した。

「そ、そうですか？」

「ああ。それに、だ。見たところお前、シャンバラ生まれではないだろ？」

え？　バレてる⁉　思わずビクッと震えた私に、カイエンが取り繕う。

「あっ、いや、それが悪いと言っているわけじゃない。珍しい髪の色だし目の色も違うからそう思っただけで……シャンバラが故郷でもないのに、ここまで協力してくれるなんて聖女のようだなと」

「ひっ！」

「ひ？」

私が漏らした声にカイエンが首を傾げた。

これ、絶対バレてるでしょう？　バレる要素は全くなかったのに、なんでバレたの⁉

私は身動ぎもせず、目を見開いてカイエンを凝視する。本当に聖女だと知っているのかな。

それを確かめるかどうかを迷っていると、彼のほうが先に口を開いた。

「オレ、なにか言ったか？」

「せ、聖女と……」

「ん？　あ！　ああ、すまない！　比べられるのは嫌だったか。そうだろうな。あんな冷酷無比な女と一緒にされるのは気分がよくないだろう」

カイエンは腕を組んで頷(うなず)いた。

ほっとすると同時に湧き上がる、微妙な思い。バレてはいなかったけど、どうも釈然としない。

「冷酷無比でしょうか？　なにか理由があったのかもしれませんよ？」

「聖女はシャンバラのような貧乏国に来るのを嫌がったそうだ」

「は⁉」

「親書にそう書いてあった。隣国の危機など自分には関係ないらしい」

「はぁ⁉　な、な、な、なんですかぁ⁉　それは！」

そんなこと、一言も言ってない！　聖女派遣の件すら知らなかったのに、なんでそんな事態になっているの？

「だろ？　だから冷酷無比だと言っているんだ」

同意を得てカイエンは満足そうだ。

しかし、私は混乱している。親書に書いてあった内容に、心当たりは全くない。それなら、あれは……。

一瞬言葉を失った私は、やがてロランの思惑に気付いた。ロランは、聖女を派遣するつもりはなかった。だけど、大国としての体面も保ちたい。だから、お断りの理由を聖女（わたし）のせいにしたのだと思う。

「なんて酷い……」

呟くと同時に涙が溢れた。

悲しいわけじゃない。ただ、どうしようもなく情けなくて、ロランのために必死に祈っていた自分が滑稽に思えた。

「お、おい、どうした？」

カイエンが慌てて声をかける。

「すみま……せん。ちょっと、なんだか、もう、悔しくて」

そう返すと、黙ったカイエンが、そっと私の頬に手を触れた。

「わかるよ。オレも親書を読んだ時、悔しくて悔しくて仕方なかった。別に聖女の力を信じているわけじゃないが、来てくれるだけでも民の心は癒やせたのに」

「すみません」

つい謝罪の言葉を漏らした。謝ってもどうしようもないし、カイエンだって意味がわからないだろう。でも、自分がなにも知らないことがつらくて。精霊に聞けば各地の状況はわかったはずなのに、私はそれをしなかったのだ。

「お前は優しいな。そんな女は世界にふたりだけだと思っていたが。三人目だ」

「優しくなんて、ないです」

やっぱり謝罪を取り違えたのだ、そう思った途端、ふわりと大きな手が頭を撫でた。

ビックリして見上げると、人たらし王が、余すことなくその能力を発揮し微笑んでいる。年下のクセに、この余裕と包容力。これは、ナイスミドルにも負けないんじゃない？　そんな風に茶化さないと、心を全て持っていかれそうで怖い。

「カイエン様、女性を泣かせるなんて、十年早いですよ？」

背後から突然声がした。

シスルだ。でも、涙顔を見せたくないので私は振り向けない。

「泣かせてない。これは……あ、そうだ。シスル」

「はい」

「ここより先、ルナはオレの馬で行く。いいな？」

「別に構いませんが。どうして急に？」

シスルはいきなり黙り込む。

奇妙な間を不審に思っていると、突然気味の悪い含み笑いが聞こえてきた。

「ふ、ふふっ。はいはい。そうですか、そうですか。どうぞご自由に」

「ああ、そうするさ。では、これより一刻の後、出発だ。あとふたつの集落を回ったあと、レグラザードへと向かう！」

カイエンの命令に、シスルが「はっ！」と返し、すかさず部隊へと号令をかける。

その間に涙を拭き、準備を整えた私にカイエンが言った。

「ルナ、集落の人に先ほどの堆肥の説明を。あとは部隊の奴らを使って堆肥の素を集めさせるといい」

「は、はい！」

そうだ。

泣き言なんてもう言わない。過ぎたことを悔やんでもどうにもならないのだから。大切なのは、これからのシャンバラを助けること。私は改めて決意をし、集会所へと歩いて行った。

補給部隊はラグンを出発し、ふたつの集落に立ち寄ったあと、予定通り夕刻にレグラザードへと帰還した。

乾いた風と土埃の中に立つ王都レグラザードは、アラビアンナイトの世界のように幻想的である。立ち並ぶ民家は真っ白で美しく、壁は独創的なタイルで装飾されていた。また扉には、緑色や蒼(あお)色の石が嵌(は)め込まれ、見ているだけでも楽しくなる造りだ。町中にはたくさんの火が灯され、補給部隊の行く手を照らし、すれ違う人々は先頭を行くカイエンに親しげに声をかけ る。

王様に普通に声をかけるシャンバラの風習は、ロランとは全く違っていた。ロランで王に直接声をかけようものなら、不敬罪で牢に入れられてしまう。

「なんだか、みなさん家族みたいですね」

　私は馬上でカイエンに尋ねた。

「家族か、うん。その通りだ。オレは家族のほとんどを亡くしたが、今ではシャンバラの皆が家族のようなものだ」

「大家族っていいですねー」

「ああ。ルナの家族は？」

「いません。両親は私が小さい頃亡くなりました」

　こちらの世界に来て、帰りたいと思わなかったのは家族がいないせいでもあった。悲しむ者はいない。悲しくもない。だから、この世界を受け入れるのも早かった。

「そうだったのか。思い出させたのなら悪かった」

　カイエンは申し訳なさそうに言った。

「え？　いえ、大丈夫ですよ？　かなり前のことなので、自分の中で整理もついています」

「……ルナ、これからは、シャンバラの皆がお前の家族だからな」

　家族がいない、と言ったことに気を遣ったのか、カイエンが言った。

　悲しそうに言ったつもりはない。でも、素直に嬉しかった。どこか他人行儀なロランの神官たちには、五年経っても馴染むことは出来なかったし、市街地に降りることも許されなかった。

　馬上から見るシャンバラの人たちは、生活が苦しいのにもかかわらず、みんな笑っている。これは心が豊かな証拠だ。

「ふふっ、憧れの大家族。とても楽しみです」

私は本心で呟いた。

王宮の正門を抜け、緩やかな坂を馬で駆け上がると、鉄でできた重厚な門がパックリと口を開けていた。その下を抜けると大きな広間に出る。吹き抜けになっている広間は、王宮の中なのに公園のように見えた。

「さぁ、着いた」

カイエンは馬から降り、次いで私を下ろした。

補給部隊の半分は、馬を引き連れて厩舎(きゅうしゃ)に向かい、残りは荷車を広間の隅に寄せる。

すると、どこからか子供がわっと押し寄せた。

「カイエンさまぁー！　おかえりなさい！」

「おかえりなさーい」

男の子や女の子、下は三歳ぐらいから上は十三歳ぐらいまでの子供たちが、カイエン目がけてやって来た。

「おう。ただいま！　皆、土産があるぞ！　荷車に行って好きなものを取るといい」

「わぁーい！」

カイエンの言葉に、子供たちが叫び、一斉に荷車に群がる。

荷車にはシスルが待機していて、小さい子から順番に乗せ欲しいものを物色させているようだ。

「お土産もあるのですね」

私は呟いた。

「食べ物を持って行った代わりに、工芸品をくれたりするんだ。履物や刺繍、小物入れや腕輪なんかを」

「なるほど。シャンバラの人は手先が器用でしたね」

「よく知っているな」

カイエンは誇らしげに微笑んだ。

前に風の精霊が、シャンバラの履物の話をしていたのを思い出した。革製で軽くて丈夫。それだけじゃなく、装飾もお洒落で可愛いのだと教えてくれたっけ。

「お姉さん、だぁれ？」

考え事をしていると、誰かが服を引っ張った。見ると、髪をふたつに束ねた女の子が不思議そうに私を見上げている。

「シータ。彼女はルナだよ。今日からここに住むから、仲良くしてくれよ？」

「ルナねぇさま？」

シータは首を傾げて言った。

その可愛さに、私の心は撃ち抜かれた！　溢(こぼ)れそうな大きな瞳とぷるるんとした頬っぺた。

撫でたらきっと気持ちいいだろうなぁ、と想像するだけで幸せだ。

「よろしくね。シータ」

「わーい。シータにねぇさまができたー！　ルナねぇさまー！」

シータはガバッと私に抱きつくと、えへへと笑った。

もう、たまらん。頭ワシャワシャして、撫でくり回したい。

私が手を伸ばそうとすると、隣でカイエンが言った。

「シータの親は先の内乱で死んだ。ここにいる子供たちには、だいたいそんな事情がある」

「この子たちみんな、王宮に住んでいるのですか？」

「そうだ。行く場所のない子供たちは、ここで暮らしている。しかし、遊んでいるわけではないぞ？　ちゃんと役割を持って働いている」

それを聞いて、シータがえっへんと威張った。

「シータはね、苗のお世話をしているのよ？　とーっても大事なお仕事よ？」

「まぁ！　すごいのね！　私も苗が好きだからシータと同じ当番にしてもらおうかな？」

チラッとカイエンに視線を送ると「いいぞ」と言うように大きく頷いている。

すると、シータの表情がぱあっと明るくなった。

「ルナねぇさまと一緒⁉　じゃあね、じゃあね、シータが案内してあげるねっ！」

「おい、シータ。今日はもうすぐ寝る時間だろ？　明日の朝にしろ」

私の手を握り、走り出そうとしたシータは、カイエンに言われてうなだれた。

「ふふっ、シータ。お楽しみは明日までとっておきましょうよ！」

「……わかった。ルナねぇさま、明日、お約束よ？　絶対よ？」

「うん！　楽しみにしてるね」

笑顔で頷くと、シータはやっと納得して他の子供たちと遊び始めた。

「懐かれたな。シータは子供たちの中でも、とびきりの元気印だ。振り回されないように気を付けろよ」

「ふふ。本当に元気でしたね！　早速妹が出来ちゃいました。あ、苗当番ではシータが先輩ですね」

「そうかもな。じゃあ、部屋に案内するよ。長旅で疲れたろう。今日はもう休むといい」

「ありがとうございます」

その後、カイエンは王宮の奥の部屋に私を案内してくれた。

そこは、アッサラームに嫁いだお姉さんの部屋で、今は誰も使っていないらしい。

ひとりで使うにはあまりにも広かったので、シータや子供たちと一緒でいいと言ったけど、カイエンは笑顔で却下した。

問答をしても無駄みたいなので、私はありがたく部屋を借り、すぐさま寝台に体を横たえた。

今までずっと我慢していたけど、実はめちゃくちゃお尻が痛い。馬に乗るのがこんなに苦行だなんて予想外だった。ディアーハに乗っていれば、快適な空の旅だったろうけど、そんなことをすれば『聖女』だとバレてしまう。たとえバレなくても、変な術を使う怪しい女だと思われそう。

「安心して寝ていいぜ？」

頭上から声が聞こえた。

顔を向けると、ふわりと浮いたディアーハがこちらを覗き込んでいる。

「ディアーハ？　見張っていてくれるの？」

「見張らずともここは安全だ。嫌な意思を感じない。安心して眠れ」

ディアーハは私の横に降り立ち、丸くなって目を閉じた。それにつられて眠くなってきた私も、ゆっくりと眠りに落ちたのである。

シャンバラの日差しは、眩しく強く、そして痛い。

差し込む日差しが痛くて飛び起きた私は、軽く身支度を整えて広間へと急いだ。

広間では朝食が配られているようで、受け取った者から順次好きな場所で食べている。

私が姿を現すと、いち早く気付いたカイエンが、ゆっくりと近付いて来た。

「おはよう。眠れたか？」

「はい。ぐっすりです」

カイエンから麻袋に入れられた朝食を渡され、すぐ側の長椅子に座る。

麻袋の中には、拳大のライ麦パンと直径三センチくらいの葡萄が一粒入っていた。

「少なくて悪いな」

「いいえ。パンと果物があるなら十分だと思いますよ？　これだけの被害に遭って、ちゃんと食べ物が確保出来ているのですから、すごいです」

「姉上の嫁ぎ先、アッサラームからの助けもあるからな。シャンバラだけではどうにもならない。だが必ず復興し、また元の豊かな国にするつもりだ」

「微力ながら、私も頑張ります！」

意気込んで言うと、カイエンは嬉しそうに何度も頷いた。

頑張るためにはまず食事！　食べて腹ごしらえをしなくては体も頭も働かない。

私はライ麦パンを一口食べた。ライ麦は密度が濃くて固いけど、腹持ちがとてもいい。その上、栄養価も高くて、このような状況下に適したパンである。

「うん。美味しいです！　食べて働かなきゃ、ですね！」

そう言った私の顔を、カイエンはずっと笑顔で見ている。

顔になにか付いているのかな？　もしかして、パン屑が頬に⁉　慌ててゴシゴシと擦っていると、シータが走りながらやって来た。

「ルナねぇさま！　もう、食べた？」

「ん？　うん、すぐ終わるよ！」

急いで葡萄を口に放り込んだ私の手を、笑顔で引っぱるシータ。

彼女は、今日も元気全開のようだ。

「じゃあ、苗のお世話、行きましょ？」

「うん、行こうか！」

「ふーん。オレも行こうかな」

カイエンが口を挟んだ。

「カイエン様も苗係ですか？」

「………………」

黙ったところを見ると、たぶん違う。私が訝しんでいると、シータが言った。

「ダメですよぅ。カイエン様は、いつものお仕事があるでしょ？」

「うっ……」

少女にしてやられる王様。その構図のほのぼの感に私の心も和む。

シータに叱られたカイエンは、仕方なくシスルの元へと帰って行き、荷馬車への積込作業を始めた。

それから、私とシータは苗の保管所へと移動した。

広間から裏手へ回り、長い廊下を行くと、美しいガラス張りの建物に着く。シータは首から提げたカギで扉を開けた。

「わぁ！　ここは緑がいっぱいね」

円形になった建物の中には、いろんな種類の作物の苗や、植物がある。外の茶色の風景とは、まるで別世界の緑の風景。中央まで踏み込んでみると、濃く青い香りが鼻を擽(くすぐ)った。

「少し暑いけど、いい匂いがするから、シータはここが大好きなのよ！」

そう言ってシータは、苗床に少しずつ水をやりはじめた。

イモにマメ。そして、タマネギ。様々な苗は、シータのお世話でのびのびと育っているようだ。

「シータがお世話をしてくれているから、苗たち喜んでいるね！」

「えっ？　喜んでいるの？」

シータは振り返り首を傾げる。

「そうよ？　ほら、ピンと背筋を伸ばして、もっともっと伸びようとしている。シータの期待に応えようとしているのよ」

「……ルナねぇさま、変なの。苗は喋ったりしないのよ？」

「うーん。そうね。でも、ちゃんと精霊もいるし」

「えっ、精霊なんていないよ？」

シータは真剣な顔をして否定した。

あ、あれ？　子供ってファンタジーが大好きじゃないの？

妖精とか精霊とか、オバケとか幽霊とか……大好きじゃないの⁉

「あ、あの、シータは、精霊を信じてないの？」

「うん。シャンバラのみんなは目に見えないものは信じないの。そういう民族だ……って、死んだお父さんが言ってた」

「え、ええっ⁉」

まさかの無神論国家⁉

そういえばカイエンも「別に聖女の力を信じているわけじゃない」って言っていたわ。

つまり、シャンバラは精霊の存在を信じていない。身近に感じてないということだ。

「ルナねぇさまには、目に見えないものが見えるの？」

シータはキョトンとしている。

どう答えればいいのかな。余計なことを言って、あとで誰かに怒られるのは嫌だ。でも自分の大切な友達を否定されるのは……もっと嫌だ。

「シータ。世界には不思議なことがいっぱいあるのよ？　目に見えなくても、声は聞こえなくても、苗は生きている。植物も生きている。だからね、優しくされたら喜んで、もっと頑張ろうとするのよ」

するとシータは呆然と立ち尽くした。

私の言葉の意味がわからない、そんな感じに見えた。やっぱり、幼い頃から染み込んだ思想は変えられないか。

そう考えていると、シータが苗に向かって突然声を発した。

「みんな、負けずに大きくなってね！　いっぱい大きくなって、とっても美味しくなりましょうね！」

「シータ……」

「うふふ。シータの声、聞こえているかなぁ」

「もちろんよ！　みんな、どこの集落に行っても、大きく美味しくなるよ？」

私とシータの声に苗たちが大きく揺れた。温室の窓はまだ開けてないから、風で揺れるはずはない。ひょっとすると……姿も見えなくて、声も聞こえないけど、精霊たちは案外近くにいるのかもしれない。

「シータ。いっぱい話しかけてみようか？　苗たちが成長出来るように」

「うんっ！」

私とシータは、水差しを持ち、苗や植物たちに水を撒いた。

貴重な水は一滴も無駄には出来ないので、丁寧に溢さぬように根本に注ぐ。植物の生命力は、元々とても強く出来ている。だから、この過酷な状況にもきっと耐えてくれるはずだ。

第二章　聖女、調理する

その日の夕方、苗は温室から出された。

カイエンとシスル率いる補給部隊が、早急に各集落へと運ぶことになったらしい。

最初は私も行くつもりだったけど、作業の手は足りているというので今回は子供たちと一緒にお留守番である。

苗を植える作業は、集落の人たちのほうが慣れているので、その点は問題ない。大事なのは生育状況なので、後日配給をかねた視察に同行することになった。

次の日、私たち居残り組は、各々の作業を終えると、午後から広間に集まった。

この日は、王宮にいる子供たちにせがまれて、いろんなお話をする予定だったのだ。

どうしてそうなったか、というと、精霊の話を聞いたシータが、他の子供たちにそれを話したから。興味を持った子供たちの間で、あっという間に話が広がったのである。

王宮広間の中央に絨毯を敷くと、子供たちはそこに肩を寄せ合って座る。

私はその前に椅子を置き、威張って仕切るシータの言葉を待った。

「はい、みんな。今からルナねぇさまのお話を聞くよー？　静かにお願いしまーす」

「はーい！」

シータの言葉に、子供たちは元気に返事をする。

気をよくしたシータは、私に向かってニンマリした。それが、どうぞ始めて下さい！の合図である。

「え、えーと、こんにちは！　私はルナです」

そう言うと、前に座った男の子が「知ってるよー！」と叫び、周りの雰囲気が和む。

「あ、そっか。そうね。コホン……じゃあ、本題ね。みんなは、精霊って見たことある？」

すると、全員が首を横に振った。

「精霊はね、本来見える存在じゃない。でも、たまにみんなの側に来てお願いを聞いてくれたりするの」

「見えないのに、いるの？」

一番後ろに座る女の子が言う。

「シャンバラでは馴染みがないでしょうけど、精霊信仰の国ロランでは、そう信じられているわ。聖女と呼ばれる存在が精霊の力を借りて国の豊穣を助けるって」

精霊と聖女、この言葉を出すと、子供たちの瞳が輝き始めた。

「聖女ってどんな人？」

「大地を割るってほんと？」

「角が生えているんだよね！」

「違うよ！　足が八本あるんだよっ！」

大地は割れないし、角もない。ついでに言うと、タコでもない。

子供たちの言い合う様子を眺めながら、私は他国における聖女の浸透率の低さに驚いている。

ロランでは一般的なのに、他国ではマイナーな存在なのかな？　それとも信仰のないシャンバラだから？　どちらにしても、聖女はおかしな力を使う化け物かなにか、そう思われている気がする。

とりあえず私の急務は、聖女＝化け物という認識を払拭（ふっしょく）することだ。

「はいはい。みんな、静かにしてねー。聖女に角は生えてないし、足はちゃんと二本だよ？」

「ルナねぇさま、見たことあるの？」

隣でシータが目を見開いた。周りを見ると子供たちもびっくりしたような顔をしている。

「み、見たこと……は、ないよ。でも、ロラン国にいたことがあるから、よく話は聞いていたの」

「どんな話？　聖女さまってどんな人？」

シータはごくりと息を呑む。子供たちも同様だ。

「精霊と会話し、力を貸してもらって大地の均衡を保つの。雨を降らせたり、逆に雨雲を飛ばしたり。作物を大きく実らせ、風を起こして種を蒔（ま）く。簡単に言うと、精霊と人間の繋ぎ役みたいなものかな？」

「でもレイコクムヒなんでしょ？」

「そうだよね。カイエンさまが、よく言ってるもんね」

「でもレイコクムヒってなんだろ？」

「悪い人ってことじゃない？」

子供たちが次々に喋り、もう収拾がつかない中、場を収めたのはシータだった。

彼女はパンパンと手を叩き、みんなの注目を集める。

「はいはい！　静かにしてねー。噂だけで判断するの、よくないと思いまーす。ね？　ルナねぇさま？」

「う、うん。シータの言う通りね！　どんな人かなんて、話してみないとわからないものよ。

確かにシャンバラが大変な時に聖女は来られなかったけど、今それに気付いて後悔し、なんとかしようと努力しているかもしれない」

本当に（元）聖女は、そう思っているよ？　力を失くして、出来ることは限られているけど、少しでも助けになりたい。

心からの思いを込めて話をすると、子供たちは納得したように頷いた。

精霊と聖女の話をしてから、子供たちは、いろんなものを大切にするようになった。

理由を聞けば、どんなものにも精霊がいるかもしれないから、大事にしないと悲しむ、という。

元いた世界（日本）でも、万物には心が宿る、という考え方があった。精霊信仰もそれと似たようなものなのだ。自然や物を大切にすること。それはきっと、自分の心を磨くことと同じだろうなと、私は思っている。

時を同じくして、温室で不思議な現象が起こり始めた。

種芋の苗が驚くべき速さで成長し、植物が倍近くまで大きくなったのである。補給部隊が持って行かなかった種芋の苗は、なにもしていないのにぐんぐん伸びた。

ついこの間まで、芽のひとつも出てなかった種芋からも、スッと天に向かって苗が伸びている。

不思議に思いながらも、私とシータは急いで苗を切り、温室横の菜園に植えて一晩様子をみることにした。

そして、その翌日。

思いもよらない出来事が起きた。

きゃっきゃと楽しそうなシータの前で、王宮菜園は緑の蔓で埋もれていたのである。

「ルナねぇさま。おイモ、もう出来ているの⁉　すごい、すごーい！」

伸びに伸びたイモの蔓は、温室にまで流れ込むように繁る。

一般的に、蔓が伸びてしまうとイモは不作になるという。栄養が蔓ばかりにいってしまうからだ。ここでもそうなったのかと思い、私は一ヶ所掘ってみた。

　すると……。

　なんということでしょう！　赤紫の鮮やかな根（イモ）が地中に埋まっているのが見えたのだ。

「信じられない。一晩でこんなに育つなんて」

「おイモの精霊さんが頑張ってくれたのかなぁ？」

　シータは菜園の前で、満面の笑みを浮かべた。

　おイモの精霊がいるのなら話は早いけど、そうじゃないならこれは怪奇現象である。でも、シータにとってはすごく幸運な出来事で、楽しくて仕方ないのだと思う。

「そうかもね。早速収穫しちゃおうか」

　この調子で増えてしまうと菜園が狭くなる。それに、大きくなりすぎて味が落ちるのもいただけない。

「はーい。シータはこっちから掘るね？」

「じゃあ、私は反対から掘ろうかな」

　私とシータはそれぞれ違う場所から掘り進める。

　青々とした蔓を退け、しっかりと根付いた根を丁寧に辿りながら掘って行くと、固いものに手が触れた。

イモ発見‼

怪奇現象でも超常現象でも、作物の収穫は楽しいもの。私はドキドキしながら、イモの形を探り、傷付けないように更に慎重に掘っていった。

しかし、掘って掘って、しつこいくらい掘っても、全体像が全く見えてこない。

イモは一晩で信じられない大きさまで育っていたのだ。

「ルナねぇさまぁー！　どうしよう！　おイモ、大きすぎて取り出せないよー」

菜園の反対側でシータが叫んだ。

こっちのイモがこんな状態なら、向こうだって同じはず。シータだけじゃ、絶対に掘り起こせないサイズだ。

「シータ！　王宮の子供たち、全員集めてきて！　今日はみんなでイモ掘り大会よ！」

「はぁい！　まかせてー！」

言うや否や、シータは駆け出して行った。

子供って本当にイベント好きよね。私も、幼稚園の芋掘り好きだったなぁ、なんて呑気に考えていると、すぐにシータが子供たちを連れて帰って来た。

「おイモ掘りするんだって⁉」

勇んでやって来た子供たちは、菜園を覗き込んで、目を見開いた。

自分たちの知っているイモ（の大きさ）ではない……たぶんそう思ったはずだ。

「みんな仕事中に来てくれてありがとう。すごく大きいおイモが出来ちゃって、ふたりじゃ掘り出せないの。手伝ってくれる？」

そう声をかけると、びっくりしていた子供たちは目を輝かせ始めた。

シータがスコップをみんなに渡し、各々別の位置に散らばると、いろんな場所から掘り進めて行く。

私が担当するところには、ふたりの子供が来てくれて、一緒に作業を再開した。

黙々と一心不乱に掘っていくと、やがてイモの形は明確になってきた。

長さがおよそ五十センチ、胴回りが二十センチ。色鮮やかな赤紫の超巨大イモである。

私とふたりの子供たちは、イモを取り出すことにした。子供たちは両サイドを持ち、私が真ん中を抱えて引き上げる。身がぎっしりと詰まったイモはとても重いけど、なんとか気合いで地上に引き上げた。

「こ、これ、おイモよね？」

子供のひとりが息を切らしながら呟く。

「うん。ちょっと大きいけど、間違いなくイモね」

とは言ったけど、ちょっと大きいどころの騒ぎじゃない。

だけど、色も形もイモそのもので、これで味がよければ世紀の大豊作である。

「ルナねぇさまぁー！　おイモ、とれたよぉー！」

向こうでシータが叫ぶと、そこら中から歓喜の声があがる。

子供たちが、それぞれに巨大なイモを引き上げて、笑顔で勝鬨（かちどき）をあげたのだ。

「うわぁ！　大きいーー！」

「すげぇな！」

「俺のイモを見ろよ！　まん丸だぜ？」

泥だらけの顔で笑う子供たち。

イモの大きさを競い、嬉しさを体で表現する姿を目の当たりにして、私も笑みを溢した。

「みんな、おイモ獲れたわね！　それじゃあ、土を払って一旦干すよ？」

「はーい！」

子供たちは広げた敷物の上に、軽く土を払った巨大イモを置く。イモは日の光で乾かしてから、風通しのいい涼しいところで保存する。そうすると、一ヶ月くらいは保存が利く、と前になにかの本で読んだ。

「どんな味がするのかな？」

シータがイモをつつきながら言った。

「うーん……あ！　そうだ、ひとつ食べてみる？　これだけあるならみんなで食べられるよね！」

すると、シータと子供たちは「やったぁ！」と叫び声をあげた。

毎日、少しのライ麦パンと一粒の葡萄。それはそれで美味しいのだけど、たまにはお腹いっぱい食べたいよね？

でもどうやって食べようか。出来るだけ簡単で、みんなで楽しく作れるものがいいかな。

「うん、決めた！」

私はみんなと一緒に巨大なイモを運び、綺麗に洗った。

イモを切るのは補給部隊の居残り組、第二部隊隊長のイズールと隊員たちにお願いする。

彼らが持っているくらいの大剣じゃないと、巨大イモはとてもじゃないけど切れない。

厨房の包丁のほうが折れそうなのだ。

イズールたちがイモを切っている間に、私は厨房を借りて大きなお鍋に水を張った。

そして、切ってもらったイモをお鍋に入れ、煮て柔らかくしたあと、取り出して潰す。

そこまでの作業を私ひとりでやると、あとは子供たちの出番だ。

「柔らかくなったおイモを捏ねて丸めてね！　軽く押さえて平らにしたら、焼きます！」

指示すると、子供たちは粘土細工を作るように楽しく作業を開始した。

大きさはマチマチだけど、個性的な作品が出来上がっていく。

私は厨房の鉄板の上に薄く油をひいて、イモを載せていった。

ジューという音を、興味津々で眺める子供たちは、サッとひっくり返して、焦げ色が付いているのを見ると一斉に歓声をあげた。

「はい！　簡単イモもちシャンバラ風、出来上がり！」

「わぁ！　いい匂いー」

シータがクンクンと鼻を鳴らす。

熱々のイモもちの、香ばしい匂いと甘い匂いとで、厨房周辺は幸せな気配が漂っている。

粗熱をとったイモもちを皿に盛り、私と子供たちは王宮広間に移動した。匂いにつられてやって来た王宮の使用人たちや侍女、手伝ってくれたイズールと他の隊員たちにもお裾分けすると、みんなお待ちかね、試食会の開催である。

「あ……まっ！　甘いっ！　すごい！　甘いっ！　すごい！」

シータは甘いとすごいを繰り返した。

その感想は正しい。今、広間の全員がその二言を繰り返しているはずである。

王宮菜園でできた巨大イモは、大きくなりすぎて不味くなったりはしていなかった。

それどころか、普通のイモより遥かに甘い、レベルアップしたモノだったのである。

「なにこれ。本当におイモなの？」

「信じられない……こんなイモ、食ったことないぞ」

使用人や侍女、第二部隊も度肝を抜かれているけど、その表情は幸せそうだ。

糖分は疲れを癒やし、心の安定を促す。干ばつのせいで、日々ストレスの溜まる生活を強いられている人たちには、この甘いイモは非常に助けになる。

どうにか、レグラザードの人たちにも分けられないかな？と、考えて、いいことを思い付いた。日持ちし、甘く、おやつ感覚で食べられるお手軽なイモ料理！　そう、あれしかない！

思い立ったが吉日と、私は機敏に動いた。

日干ししていた巨大イモの半数を、子供たちと広間に運び、ほどよい大きさにカッティングをお願いする。そうして小さくなったイモを、今度はみんなでスティック状に細切りにし、暫く水に浸けアクぬきをする。取り出したイモの水気をしっかり切り、一時間ほどよく乾燥させたあと、鍋に油を熱してじっくりと素揚げする。

油から取り出したイモを重ならないように並べ、それを子供たちが団扇（うちわ）で扇いでまた乾燥。

以上の工程を経て、やっと最後の仕上げだ。

砂糖と水を煮詰めたものをイモに絡め、重ならないように並べて更に乾燥させる。

こうして巨大イモは、日本でお馴染みの懐かしいお菓子に生まれ変わったのである。

「ねぇ、ルナねぇさま？　これ、なんて言うの？」

「えーとね、『芋けんぴ』って言うのだけど……」

聞き慣れない言葉に、シータは首を捻る。

所変われば品変わる、ともいうし、シャンバラ産のイモなんだから、それに因（ちな）んだ名前にしたほうが覚えやすいかな。

「新しく名前を付けようよ！　誰か、いい案はある？」

みんなに聞くと、すぐに答えが返って来た。

「シャンバライモ！」

うーん。普通。

「ルナねーちゃんが作ったんだから、ルナイモ！」

ごめん、それだけは絶対嫌。

「ルナさんとシータが世話した苗だろ？　じゃあ、ルナシータはどうかな？」

隊長のイズールが言った一言に、全員がおおっ！と感嘆の声をあげた。

思いがけず格好いい名前を出され、シータの顔は赤い。私もちょっと照れ臭くなって、シータと顔を見合わせた。

「ルナシータ、いい響きよね。うん。恥ずかしいけど、それでいきましょうか？」

そう言うと、全員が頷いた。

新しいお菓子「ルナシータ」は、子供たちによって小分けにされ、城下町へと配られた。

甘く歯応えがあり腹持ちがするお菓子は、瞬く間にレグラザードの人たちに気に入られ、今日作った分はすぐになくなってしまった。まさか、これほど大好評だとは……。

でも、これは朗報だ。幸運にも巨大化したイモが、シャンバラを救う食糧になれば、大地が潤うまで当座を凌ぐことは可能である。

ただし、毎日毎食イモを食べ続けるのは飽きるだろうし、イモもずっと収穫できる保証はない。

今日の収穫は単なるラッキーで、明日からはサッパリ、ということもあり得るのだ。と、嬉しい反面、頭を悩ませながら子供たちと王宮に帰還する頃には、日はもう傾いていた。

よく働いてくれた子供たちにお礼を言ってから、私とシータは王宮菜園へと片付けに向かう。

使ったスコップとか、保存するために干していたイモを仕舞わないといけない。

あれだけ「ルナシータ」に使っても、まだイモの在庫は十分ある。派手に使わなければ、軽く見積もって、一週間はみんなで食べられる量だ。

私とシータはふたりでイモを担ぎ、倉庫へと入れた。大きすぎるものは転がして、なんとか全部入れてしまうと、シータが大きく伸びをした。

「うーん。今日はよく働いたぁ！」

「ほんとね！　お疲れ様、シータ！」

「でも、楽しかった！　ルナシータ、みんな喜んでくれたもん！　美味しいって言ってもらうの嬉しいね、あ、でもシータが作ったんじゃないけど……」

「ふふっ。ちゃんと手伝ったでしょ？　ルナシータはみんなで作ったものよ。名前にもシータって入っているじゃないの！　もっと威張っていいのよ？」

ツンと腕をつつくと、シータはえへへと笑い、ちょっとだけふんぞり返った。その様子が可愛くて可愛くて、私の顔は綻（ほころ）びっぱなしである。

「明日も収穫出来るといいねぇ、おイモ！」

「うーん。明日よりは、一週間後くらいでお願いしたいけど」

明日も同じ量が出来れば、倉庫が満杯になってしまう。

そうなると、保存の利くルナシータを大量に作って捌けさせなくてはならないのだけど、自然はそんなに甘くない。

作物が人の都合を聞いてくれることはまずないのである。

「まぁ、明日になってみないとわからないね」

「楽しみねぇ。シータは明日もイモ掘りしたいなぁ」

王宮菜園を眺めながら、シータはワクワクを隠せない様子だ。

羨ましい。若いって素晴らしいな、と思いつつ空を仰ぎ、私は柔軟体操（クールダウン）を開始した。

そうしないと、明日、間違いなく筋肉痛になりそうだったからだ。

「うわぁ……」

これが、次の日の朝、菜園で私があげた第一声である。

目に飛び込んできたのは一面を覆う緑の波。昨日あれだけ収穫したにもかかわらず、イモはまた実っていたのだ。

「わぁーい！　おイモ！　おイモの精霊さんありがとう！」

シータは無邪気に天に向かって手を合わせ、逆に私は頭を抱えた。

これは、倉庫の容量がピンチです。王宮も広いので、倉庫以外に置く場所はあると思う。

だけど、明日も明後日もイモが実れば、そのうちシャンバラ王宮はイモ御殿になってしまう。

こうなったらもう、ルナシータを作るしかない。

お菓子にしておけば場所の節約にもなるし、町のみんなに配りまくれば減りも断然早いはず。

「シータ。今日もルナシータ作ることになるけど、大丈夫？」

「うん！　大丈夫！　シータは今日も元気だもん！　収穫から始めるよのねぇ？　みんなを呼んでくるねっ！」

シータは待ってました！　とばかりに駆け出していき、やがて、子供たちを連れて帰って来た。

しかし、今日は子供たちだけではなかった。王宮で働くみなさんと、第二部隊もやって来たのである。全員動きやすい格好で、尚且つ腕捲りもして、やる気満々のようだ。

「おはよう、ルナさん」

イズールが言った。

「おはようございます。みなさんイモ掘りのお手伝いに来てくれたのですね」

「ああ！　シータに聞いてね！　我々もイモを掘るよ！」

「ありがとうございます！　もう大豊作で困ってしまうくらいです」

「いやいや、喜ぶべきことだよ。シャンバラは今、食糧難だからね。大豊作なんて嬉しい限りだ！　これもおイモの精霊のおかげかな？」

見た目の厳つい(いか)イズールが「おイモの精霊」というのを聞いて、私は吹き出しそうになるのを必死で堪えた(こら)。

でも、確かシャンバラは、信心深くない国のはず。そのシャンバラの人たちが、精霊という存在を信じ始めている。これはひょっとして、すごいことじゃないのかな。

「そうですね。おイモの精霊に感謝しなくては。そうしたらみなさん、大人の方は子供と組になって手際よくお願いします！　土を払って乾燥したら、順次ルナシータ調理に入ります！」

「よしっ！　任せておけ！」

「はぁーい！」

イズールたち大人組、シータたち子供組は大きく雄叫び(おたけ)をあげ作業に取りかかった。

前日、長時間かかった収穫から調理までの行程は、大人たちの手伝いにより劇的に短縮された。

一回やっているからか、子供たちも慣れたもの。なにも指示しなくとも自ら動き、先回りして作業をした。

短縮作業の結果、ルナシータが出来上がったのはちょうどお昼頃で、レグラザードの人たちに配る時間を入れても、随分時間が余ったのである。

一仕事終え、私たちは王宮広間で昼食を取りながら休憩をした。今日の昼食は、いつものライ麦パンを少しだけアレンジしたもの。厨房の料理人さんに提案して作ってもらった「ライ麦イモパン」である。

イモをさいの目切りにしてパン生地に練り込み焼き上げる、という簡単なものだけど、これがとても美味しかった。ライ麦特有の固さの中に、食感の違う甘く柔らかいイモが入っていて、口当たりの絶妙な極上パンに仕上がったのだ。

「いやぁ、もう、おイモ様々だなぁ。パンだけじゃ足りない腹も、イモが入ると満たされる。なにか魔法がかかっているんじゃないかと思えるね」

イズールが目を細めて言った。

彼は、既にパンを平らげ、イモもちを堪能中だ。たくさん作ったイモもちも、次から次へと伸びてくる手に、あと僅かになっている。

「あのね？　シータ、気付いちゃったんだけど」

私の横で、イモもちをゴクンと飲み込みシータは続けた。

「ルナねぇさまが、おイモの精霊を連れて来たんじゃないのかなぁ？」

「そう言われてみれば、ルナさんが来てからだよな」

イズールが話に加わると、広間にいたみんなが一斉に首を捻った。

「本当だ」

「ルナねーちゃんが来てからだよ」

「ねえ、これって」

みんな口々に言いながら、こちらを見つめている。

不思議そうなたくさんの視線を浴びながら、私の心臓はバクバクと煩く鳴った。

ひょっとして、聖女だと疑われている？

い、いや、でも！　今の私は、聖女の力を失っている。おイモの精霊の力を借りることなんて出来ないはずだわ。

「ぐ、偶然じゃないかなぁ？　みんなの思いが、せ、精霊に届いたんじゃない？」

しどろもどろになりながら、必死で言い訳をする私に、シータが詰め寄ってきた。

「ううん！　違うわっ！　ルナねぇさまはきっと……」

あからさまな『溜め』を入れるシータ。ゴクンと息を呑む私。

そしてついに、鼻息を荒くしたシータが叫んだ。

「おイモの精霊に愛されし女、なのだわっ！」

おイモの精霊に愛されし……女？

私がポカンとしていると、イズールがブッと吹き出し、それをきっかけに、広間に大きな笑いが巻き起こる。

「そ、そりゃあ間違いないな。シータ、俺も絶対そうだと思うぞ？」

「でしょう？」

イズールとシータは顔を見合わせ、意味深に笑う。

その隣で私は想像をした。何年か後、シャンバラ史に「イモの精霊に愛されし女来たりて、ルナシータを広める」と残るのではないか。

それは、ちょっと嫌です……と、反論しかけたその時。広間の外が騒がしくなり、門扉が音を立てて開いた。

夥しい蹄の音を響かせながら、カイエン率いる補給部隊が帰って来たのだ。

集落で苗を植えるのを手伝ったのか、部隊全員泥だらけで、若干表情も疲れている。

「お帰りなさいませ！　カイエン様！」

イズールと第二部隊が、サッと立ち上がりカイエンたちに走り寄ると、子供たちも我先にと追いかけた。

「ああ。留守番ご苦労。皆、いい子にしていたか？」

カイエンは、イズールたちを労うと、すぐに子供たちに笑顔を見せた。

子供たちは、押し合いながら口々にカイエンに話しかけ、広間は一気に騒がしくなった。

「うん！　いい子にしていたよ！　みんなで一生懸命働いたんだ！　イモ掘りもしたんだよ！」

「菜園におイモが、いーっぱい出来たの！」

「だからね、それをね、ルナシータにして」

「みんなに配って、みんなで食べたの！」

きゃあきゃあと楽しげに話す子供たちの中心で、カイエンは唖然としている。

たぶん、言っていることがなにひとつわからないのだと思う。

「こらこらお前たち、ちゃんと順序立てて言わなければ、カイエン様がわからないだろう？　さぁ、説明はルナさんに任せて、荷車へお土産を見に行くといい」

イズールが言い終わる前に、子供たちはシスルがいる荷車へと駆け出した。

そのあと、カイエンが私に向き直った。

「今の話、内容がさっぱりわからないのだが」

「ふふっ。はい、ちゃんと説明しますね。その前に泥を落としたほうがいいですよ？」

「おっと、そうだな。苗は全て配り、植えてきた。一週間くらいしたらルナに同行してもらうからな」

「はい。もちろんです」

確認を取ると、カイエンは一旦着替えに王宮の奥へと消えた。

一刻の後(のち)、倉庫でイモの在庫を数えていると、カイエンが呼んでいると連絡が来た。

先ほどの件だと思い、保存していたルナシータを小袋に詰めると、私は王の部屋へと向かう。

ルナシータを持って行く理由は、実物があったほうが説明もしやすいし、疲れて帰って来たカイエンに、糖分で疲労を吹き飛ばしてもらいたい、そう思ったからだ。

「カイエン様？　ルナです」

侍女に案内してもらい部屋の前でお伺いを立てると、中から「入れ」と声がした。

重厚な扉を開けた先にあるカイエンの部屋には、白いカーテンが波のようにはためいている。

その波を泳ぐように進むと、椅子に座るカイエンが見えて、私は思わず息を呑んだ。

書類を見ながらひとり考えを巡らせる姿は、いつもの若く溌剌（はつらつ）としたカイエンではなく、ずっと大人に見えたのだ。

「ルナ？　どうかしたのか？」

ぼーっとしていると、いつの間にかカイエンがこっちを向いていた。

私は急いで彼の側へと歩み寄る。

「い、いえ、なんでもありません。あ、そうだ！　先にこれを渡しておきますね！」

「なんだ？」

私が差し出した小袋を覗き、カイエンは首を傾げた。

「これが子供たちの言っていたものの正体、巨大イモを加工したお菓子、ルナシータです」

「巨大イモ？　お菓子？　ルナシータ？」

「はい！　カイエン様たちが苗を届けに行ったあと、王宮菜園でイモが急激に成長したのです！　もう、普通じゃない大きさにっ！」

豊作すぎて、子供たちを全員駆り出してイモ掘りをしたこと。穫れたイモで調理をしたこと。保存が利くように「ルナシータ」を作ったこと。

身振り手振りで熱く説明する私に、最初は驚いていたカイエンは次第に笑顔になっていった。

「そうか！　すごいな！　菜園でそんなことが起こっていたとは。それに、菓子にするというお前の発案も見事だ！　これなら集落のほうも期待出来るかもしれないな」

「はい！　きっと大丈夫ですよ！　あ、カイエン様、ルナシータ食べてみて下さい！　甘いものは疲労回復に効果的ですよ？」

「あ……うん」

カイエンは、手元の小袋からルナシータを一本取り出すと、それを上に翳した。

それから、いろんな角度から見て匂いを嗅ぎ、じっと私を見る。まるで、食べるのを迷っているかのように。

「どうしたのですか？　そんなに心配そうな顔をして」

言ってから、私は思い出した。

シャンバラの内乱で、王族が争った事件。カイエンの身内は、暗殺や毒殺をされていたのだ。

恐らくそれで、食べるのを躊躇っているのでは？　出会って数日の、得体の知れない女が作ったものなんて、確かに怖くて食べられないと思う。

でも、それなら……。

「カイエン様！　私にも下さい！」

「えっ？」

驚くカイエンから小袋を奪い取ると、私はボリボリとルナシータを貪った。

食べても安全だと知ってもらうには、食べる姿を見せるのが一番だ。

「ほら、大丈夫です、カイエン様。毒は入っていませんよ？」

「お前、知っていたのか」

「はい。カイエン様の生い立ちは、シスルさんに聞きました」

「そうか」

一言呟くと、カイエンは儚く笑った。

「お前を信じてないわけじゃないのだ。だが、どうしても思い出してしまう。オレがこの王宮に戻った時の悲惨な状況を……倒れる兄たちの姿と母の姿を」

十五歳の少年が、累々と積み重なる親族の死を前になにを思ったのか。それを推測することは到底出来ない。心の傷として深く残ってしまっている出来事を、忘れるなんて出来やしないのだ。

王宮で立ち竦む少年カイエンの姿を想像し、私の胸は痛んだ。

「最後に残ったオレは、決して死んではならないと己に誓った。だから……」

「ええ。わかります。でも、カイエン様。ここにはあなたを殺そうなんて人、ひとりもいませんよ。私は新参者で信用もありませんけど、シャンバラとカイエン様を助けたい気持ちはみんなと一緒ですから」

「ルナ……」

「ひとつだけ、試しに食べてみませんか？　私の食べかけで申し訳ありませんが」

小袋をおずおずと差し出すと、カイエンが笑った。

それは、太陽のような笑顔。カイエンだけが見せる王者の笑みだ。

「ありがとう。やはりお前は、優しくて聡明だ。オレの見立ては間違っていなかった」

「えーと、どういう意味でしょうか？」

「ふっ。今は聞くな」

不敵に微笑むと、カイエンはパクっとルナシータを口に入れた。

その瞬間、頬が緩み、目尻が下がり、幸せな気配が辺りに漂う。

「うまい！　こんなうまいものが存在するのか？」

「イモの甘さが抜群なのです。砂糖を使う必要もないくらいですが、カリカリとした食感を増すために、あえて砂糖を纏わせました」

「うん！　すごい。疲れが吹っ飛んでいくな」

カイエンは先ほどの躊躇が嘘のように、次から次へと手を伸ばし口へ運ぶ。

そうするうちに、小袋はすっからかんになってしまった。

悲しそうな顔で、なにも入ってない小袋を見つめるカイエンは一言呟いた。

「残念、もうないか」

「まだ菜園横の倉庫にたくさんありますよ？」

「なに!? あるのか‼」

「はいっ！　今すぐ持ってきますね！　少し待っていてもらえますか？」

そう言うと、カイエンは首を振る。

「いや、オレも一緒に行く。イモの現物も見てみたいし、お前からいろんな話を聞きたい」

「えっ？　話、ですか？」

「お前はオレのことをよく知っているのに、オレが知らないなんて平等じゃないだろ？　さ、行くぞ」

カイエンはニヤリと笑い、私の背筋にはスーッと汗が流れ落ちる。

まさか、私の身の上話を聞きたいと言ってるんじゃないでしょうね！　無理、それ絶対無理だから！　どこをどう切り取って話しても、怪しい人物認定は避けられない！

戦々恐々とする私の腕を引き、カイエンは楽しそうに王宮の階段を下りて行く。

「わ、私のことなんて聞いても、面白くもなんともないですよ？　つ、つまらない人生ですから！」

やっとのことで牽制の一言を返すと、廊下でカイエンが振り返った。

「人生って……そんな大層なことは聞かないよ。例えば生い立ちとか」

「あ、あーそれなら、最初にも言いましたけど、両親は私が五歳の頃に亡くなりまして、それから親戚の家を転々としながら」

奨学金をもらいつつ、学校に通いました、というのは口に出来ない。突っ込まれて尋ねられると、墓穴を掘る可能性があるからだ。

しかし、いきなり口ごもった私を見たカイエンは、沈痛な面持ちになった。

「そうだったな。一度聞いていたのに、オレとしたことが。軽率だった、許して欲しい」

「えっ？　いえ、私はもう平気なので、お気になさらず」

「お前はオレと似ている。いや、オレにはまだ姉がいたが。ルナ、シャンバラは好きか？」

「はい。好きです。みんな団結力があって、強くて諦めない。困難の中にあっても、笑顔で乗り切ろうとする。素敵な国だと思います」

正直に答えると、カイエンは途端に顔を背けた。

「そ、そうか。うん。お前がよければ、ずっとここにいるといい。オレのことも、そ、その、家族と思ってくれていい……ぞ」

「家族……」

言いにくそうに、頭をかきながら訥々と喋るカイエン。

それを照れだと理解するのは、容易いことだった。気を遣って慣れないことを言うなんて、本当にこの王様、真っ直ぐで優しい。彼は人を思いやり、同じ立場に立って泣ける人なんだ。

「ではお言葉に甘えて。心置きなく住まわせてもらいますね」

素直に伝えると、カイエンはなにも言わず真摯に頷いた。

カイエンたちが帰って来てから、三日後。友好国アッサラームより、定期支援物資が届いた。

運ばれてきた物資は、パンの材料のライ麦や、保存の利くように加工した肉類、葡萄酒、日用品に各種苗床などである。

熱砂の国として有名なアッサラームは、国土の半分が砂漠で、さほど土地が豊かなわけではない。しかし、穫れる作物が珍しく、高い金額で取引されるため世界各国と渡り合える大国だと聞いていた。

一ヶ月に一度届く定期支援物資は、大抵警備隊長クラスが運んで来るけど、今回は違った。

なんとアッサラーム王家の者が直々に来るらしく、シャンバラ王宮の者は掃除、接待の準備に追われ大忙し。

更には、増え続けるイモの収穫と、ルナシータの調理も並行して行っていたので、この三日間は鬼のような忙しさであった。

「叔父上！　お久しぶりですね！　お元気そうでなにより」

大人数の部隊を率いる年若い最高司令官は、馬から軽やかに降りながら、無邪気に微笑んだ。笑顔がどことなくカイエンに似ている。広間でお出迎えをした私は、そんなことを考えながら、やって来た人を眺めた。

彼こそが、アッサラームの王太子殿下、シャル。カイエンの姉の子供で、第一王子である。

「よく来たなシャル。アッサラームからの物資のおかげで、シャンバラは随分早く復興出来ている。感謝しているよ」

「どうぞお気になさらずに。母上の故郷なれば、手を差し伸べるのは当然。父上も同じお考えです」

「そうか。アッサラーム王家は、皆心温かい者ばかりだな。さぁ、疲れただろ？　まずは祝宴の間へ行こう。ささやかながら食べ物を用意している」

「えっ！　もう作物が育つまで復興を!?」

シャルは目を丸くしてカイエンを凝視した。その視線を楽しむように、カイエンはくるりと私を振り返る。

彼が私を振り返ったのは、ある理由からだ。アッサラームの王太子をもてなすため、カイエンは菜園のイモを利用することを決めた。ついては、私にいろんな種類のイモ料理を『フルコース』で作って欲しい、との無茶振りをしたのである。

「そうなのだ。ある作物が大豊作でな。それが、この世のものとも思えぬくらいうまいのだ！

是非シャルにも食べてもらいたい」

「それは楽しみです！　お相伴に与ります！」

カイエンとシャルは、ふたり仲良く王宮の祝宴の間へと歩き出し、その後ろをシスルとシャルの側近らしき男が続く。

彼らの姿が消えると、部下たちは各々の作業を始めた。アッサラームの部隊とシャンバラの部隊は、支援物資を積み降ろしする作業を。降ろされたものを、侍女や子供たちがあるべき場所に収納する。

統制のとれた作業を眺めながら、私は気合いを入れた。これから厨房でイモと格闘である。無茶振りカイエンご所望の、イモフルコースを仕上げなくては。

「さてと。それでは、やりますか」

独り言を呟くと、私は腕捲りをして厨房に入った。

厨房の料理人たちと、頑張って作ったイモフルコース。出来たものは、次々と祝宴の間へと運ばれる。

前菜として、イモのサラダ。次に、イモの冷製ポタージュスープ。そしてメインは、ライ麦を使用し油で揚げたイモの天婦羅と、イモもちを。〆には、シャンバラ名物？　ルナシータというのが本日のお品書きである。

全てを作り終えて、広間の隅でぐったりしていると、料理を運んでいた侍女が、足早にやって来た。

「ルナさん！　カイエン様がお呼びですよ？」

「……え。なにかありました？」

もしかして、文句言われたりする？　王太子のお口には、合わなかったのかな。あんまり行きたくないなぁ。

眉間に皺を寄せる私を見て、侍女は言った。

「お叱りではないと思います。評判は上々ですよ！」

「上々……？」

恐る恐る尋ねると、侍女は大きく頷いた。

よかったー。こんなもん食えるかー！なんて、怒鳴られたらどうしようかと思った。

私はほっと胸を撫で下ろし、足取りも軽く祝宴の間へと向かう。叱られないなら、用事は恐らくイモのこと。でも、聞かれて答えられる自信はないのよね。どうして大量に収穫出来たのかなんて、私にも全然わからないのだから。

祝宴の間の扉の前でひとつ深呼吸すると、私はそっと入室した。

初めて入る「祝宴の間」は、一階の広間と同じくらいの広さだったけど、造りやその調度品などに華やかさがある。シャンバラの民ならば誰でも入れる一階広間は、賑(にぎ)やかで活気に溢れ和やかだ。でも、祝宴の間は王族などを招く用途で使われるせいか、なんとなく厳(おごそ)かな気配がする。部屋全体から感じる「圧」が、シャンバラの歴史そのものである気がした。

「こちらです！　待っていましたよ！」

シャル王太子が私に向かって呼びかけた。

だだっ広い部屋の真ん中にはフカフカな赤いソファーが置かれ、そこでカイエンとシャル、シスルと王太子の側近が、ニコニコと笑いこちらを見ている。

そんなに注目されると、なんだか緊張してしまう。私は辿々しく四人に近付いて一礼した。

「あなたがルナさんですね！　苗と土壌の研究者であり、料理にも精通しているという！」

「は、はいっ！　私がルナです。えっと……お呼びだと聞いたのですが」

笑顔のシャルに答えながら、私はあることを考えていた。

人たらし王カイエン。甥っ子のシャルも間違いなくそのDNAを受け継いでいる、と。爽やかな笑顔で人の緊張を解き、悪意がないのを見せ、すっと懐に入り込む。実際、悪意や悪気はないと思うから、もうこれは天然の人たらしの家系である。

シャルは手招きで私を呼ぶと、眼前の椅子に座らせた。

そして、身を乗り出して言う。

「いやぁ、堪能しました。シャンバラの新種イモ！　とても美味しかったです、ありがとう！」

「いえ、そんな。喜んで頂けてよかったです」

「大変だったのではないですか？　材料が同じもので何品も作るのは」

「そうでもありません。味を変える工夫をしたくらいですから」

さも余裕で答えたけど、本当は死ぬほど頭を悩ませた。

使える材料が「イモ」しかないのだ。調理法や調味料で味変するとしても、やはり「イモ」の自己主張はなくならない。

いっそのこと、全部蒸しイモにして、お好きな調味料でどうぞーってことにしようかとも考えたくらいだ。

「ルナはすごいだろう？　オレはルナなら素晴らしいものを作れると信じていた！」

と、無茶振りをした本人は豪快に笑った。

誉められるのは嬉しいけど、出来ればもう急な無茶振りはやめて欲しい。

本当に、お願いしますよ。

「ええ、そうですね！　叔父上の人を見る目は確かです！　これからシャンバラには、いい人材がどんどん集まって来るのでしょうね」

「ははっ。そう持ち上げるな。あ、そうだ、シャル。早速あの話を」

「あ、はい、そうでした！」

言うや否や、シャルは私に向き直り口を開いた。

「実はルナさん。あなたが作ったこのお菓子」

シャルはテーブルを指差した。

そこには、デザートで出されたルナシータがある。

「量産して各国に売り捌いてみませんか？」

「はい？」

私が首を捻ると、今度はシャルの側近が話に加わる。

シスルと同じインテリの雰囲気がする彼は、ゆっくりと説明を開始した。

「お菓子をたくさん作って他国に売り外貨を稼ぎます。稼いだ外貨をシャンバラのために役立てれば、復興も早く出来る。悪い話ではないかと」

「えっ⁉　あの、それって、ルナシータを売るってことですよね。でも……」

売れるのですか⁉と、私は叫びたかった。なんの変哲もない、芋けんぴ。

確かに普通のイモよりは、格段に美味しいけど、果たして本当に売れるのだろうか。

需要と供給が成り立っての商売なのだから。

「ルナさんはこのお菓子……ルナシータが売れないかも、と考えていますか？」

浮かない顔をした私にシャルが問いかける。

「正直に言うと、はい。イモはどこの国にもあるものです。特別珍しくもないので」

「なるほど。そう考えるのもわかります。では、アミード、少し詳しく説明してあげてくれるかい」

「はい殿下」

インテリ側近の名前はアミードと言うらしい。

アミードは恭しく言うと、次に私を正面に捉えた。

「遅ればせながら、初めまして。私、アッサラームの外交や財務を担当しておりますアミード・デュケーンと申します」

「あ、はい。ご丁寧にどうも。ルナです」

「単刀直入に言いますと、このルナシータなるお菓子、かなりの需要が見込めます」

待って？　単刀直入すぎて、意味がわからない。とは言えず、私はアミードの言葉を待つ。

「まず、保存が利くこと。各国を渡り歩く商隊や、兵士の保存食は、今まで保存は利いても味がいまいちであるものが多かったのです。その点、ルナシータはうまい！」

「は、はぁ……」

「更に糖分で疲れを癒やすことも出来て、軍隊、兵士の遠方訓練にも最適。そして、甘いもの好きな女性や子供にも人気が出るでしょう。新種の巨大イモという、宣伝効果も抜群。これは間違いなく売れます」

アミードは言い切った。その言葉には、不思議と説得力がある。

「本当に、稼げるのですか？」

ちょっといやらしい聞き方になってしまった。

そんな金の亡者のような問いを、アミードは全く気にしなかった。それどころか、どうして稼げるのかをより詳しく綿密に、いろいろな分析データを交えつつ説明してくれたのである。

「……と、以上の点を踏まえて、この結論に至ったわけですが。まだ、なにかご質問が？」

「いえ。十分です」

なにもかも完璧に考え抜かれた分析に、それ以上なにも言えなかった。もう、絶対売れる気しかしない。たとえ売れなくても、アミードならなんとかしてしまいそうだ。

それに、ルナシータが売れて、シャンバラが豊かになるなら、願ったり叶ったりである。

「ルナ、どう思う？　お前がよければ進めたいのだが」

カイエンが私に言った。

「やりましょう！　どう考えても美味しい話です。必要なのは労働力だけで、原材料費はタダなのですから。ルナシータが売れてシャンバラが潤うというのなら、私、アミードさんの案に乗ってみたいと思います」

どこをとってもシャンバラには得しかないのに、カイエンの表情には少し憂いが見える。

私が王なら、すぐに飛び付いてしまう案件だけど？

「カイエン様、なにか心配事でも？」

その様子を不思議に思ったのか、アミードが言った。

「まぁ、少しな。ルナシータを商品化するとなると、ルナが一番忙しくなるだろう。集落の視察もあるのに、大変じゃないかと思ったのだ」

「えっ！　私の心配ですか？」

「う、うん。なんだ？　心配してはいけないか？」

「い、いいえ、そういうわけでは」

国の危機に、私の心配なんてしている場合じゃないと思いますよ？

今日のように無茶振りされるのは困るけど、働くのは好きなのでもっとこき使われてもいいくらいだ。

そう思っていると、微妙な空気の私たちを見たシャルが、訳知り顔で頷いた。

「ははぁーん、これは。なるほどなるほど」

「なんだ？　シャル？」

「いえ、叔父上は母上が薦める縁談も全て断ってきたでしょう？　適齢期は過ぎているし、王として、跡継ぎを残さなくてはならないのにと、内心心配していたのですよ。でも、そんな心配は必要なかったようですね」

「どういう意味だ？」

カイエンは首を捻ったけど、シスルもアミードもわかっているように含み笑いをする。

私は……と言えば、もちろんさっぱりわからない。ただ、シャルの話にあった「適齢期」という言葉が、とても耳に障った。「年のせいで力を使い果たした」と、ロランのラシッド王子に言われたことを思い出したから。

「いずれにしても一安心です。帰国して母上にいい報告が出来そうですので」

シャルは屈託なく笑い、未だカイエンは眉間に皺を寄せる。

でも、いつまでも構っていられないとばかりに、アミードに向き直った。

「ルナシータの生産計画書は、アミードに任せていいか？」

「はい。すぐに作成いたします。それはそうと、少しお耳に入れたいことが」

アミードはチラリとシャルを見た。

すると、さっきまで笑顔だったシャルがスッと真顔になり、声を低くした。

「気になる動向があるのです。実は……あ、ルナさん、来てくれてありがとう。ここからは楽しい話ではありませんので、下がってもいいですよ？」

用は終わったってことね？　素早く理解した私は、背を向けて扉へと向かった。

そして、一礼して扉を閉めた瞬間、シャルの口からある言葉を聞いてしまいドキリとした。

「ロランから、聖女がいなくなったようです」

私のことだ！　そう思うともう、聞きたくてたまらなくなり、閉まった扉に耳を当てる。

「聖女が⁉　なぜ？」

カイエンが返す。

「力が使えなくなったそうです。それで、ロランは新しい聖女を召喚するため、前の聖女を国から追い出した、という話です」

「力が使えない⁉ そうか、そんなことがあるのだな。で、前の聖女はどこに行ったのだ」

「それはわかりません、しかし重要なのはそこではないのです」

シャルがふぅと一呼吸置く間に、私も大きく息を吐く。

「ロランは大量の魔鉱石で、新しい聖女を召喚しようとしましたが、悉く失敗しました。聖女どころか、猫一匹召喚に応じなかったらしいのです」

そんなことになっていたんだ。

でも、大量の魔鉱石を使っても召喚出来ないなんて……いったいどういうこと？

やはり、ロランの国内ではなにかが起きているのかな。

「ふん。国の守りを誰かに頼もうとするのが間違っているのだ！」

カイエンの言う通り！ 私はウンウンと扉の外で頷いた。

「叔父上。聖女召喚に失敗したロランは、前の聖女を呼び戻すべく今捜しているそうですよ」

「気に入らないな。自分たちが追い出しておいて、誰も召喚できないと手の平を返して呼び戻す。力がなくともいるだけマシ、そういう考えなのだろう」

「ええ。そうだと思います」

「前の聖女にいい印象はないが、ロランの思惑に翻弄されるのも気の毒だな。ロランに連れ戻されて、いいように使われないことを祈る」

カイエンの声は小さくなり、次に会話が聞こえた時には話の内容が変わっていた。北方の国の情勢や、アッサラーム王家の近況など。

わいわいと四人は大声で盛り上がっていたけど、私はそれどころではなかった。

ロランが私を捜している！　見つかれば連れ戻されるのではと思うと、体が震えた。

でも、まさか私が、精霊信仰のないシャンバラにいるなんて、ロランの追っ手も考えないだろう。

「気を付けろよ？　向こうさんも必死みたいだぜ？」

「わっ！　ディアーハ⁉」

背後からの声に振り返ると、ディアーハがふわふわと空中に浮いている。

ちょっと、誰かに見られたらどうするの⁉　慌てて周りを確かめたけど、辺りには誰もいなかった。

「心配しなくてもこの辺には誰もいねぇよ。安心しろ。しかし、俺様に驚くなんて失礼な奴だな。この国が快適すぎて緊張感が薄れたか？」

「うん、ごめん。シャンバラに来てから、緊張は薄れていたかもしれない」

「確かに、ここは危険じゃない。だが、一応気を付けとけよ？」

「そうだね。うん、気を付ける」

ディアーハの言う通り、あまり目立つ行動は避けなくてはいけない。

私は気を引き締めつつ、ゆっくりと祝宴の間をあとにした。

第三章　聖女、空を駆ける

燦々（さんさん）と照る太陽のもと、今日も今日とて、イモは実る。

当初「この大豊作はただのラッキー現象では？」という私の心配は、ここ一週間の収穫状況で百八十度覆された。

イモは毎日毎日、決められたように実っている。

しかも、おイモの精霊が律儀な性格なのか、前日の数を超えずだいたい毎日同量なのだ。

アッサラームのシャル一行は、二日間滞在し、その後帰途についた。

それから、アミードが作成した生産計画書に沿って、シャンバラ王宮は総出でルナシータの生産に乗り出した。カイエンたちもローテーションを組み、他の仕事の合間に手伝ってくれる。

イモを掘り出して洗うのは誰でも出来るけど、巨大イモを切断するのは補給部隊にしか出来ないからだ。商売が軌道に乗れば、裁断器の購入も検討したいけど、そんな夢、今は見ない。堅実に、実直に、ルナシータを作るのみである。

「はいっ！　次ぃ！　次持ってきてー！」

油で揚げられたルナシータは、流れ作業で次に待つシータに渡され、私は空いた鍋の前で威勢よく叫ぶ。

「どうぞ！　お待たせしました、ルナさんっ！　新しいイモです！」

「うん！　ありがとう！」

両手でカゴを抱え、イズールは鍋にイモを放り込んだ。

ジュワーといい音をさせながら、イモはその身をこんがりと焦がしていく。

甘い匂いが充満し厨房に熱気が籠る(こも)と、イモを次に渡して帰ってきたシータが、出来上がりを待ち覗き込む。全員一丸となって臨む作業は、重労働だけどなぜか楽しい。一日の終わりにはぐったりして、泥のように眠りに落ちるけど、それは幸せな疲労感のせいなのである。

そうして、労働力フル回転で商品化されたルナシータは、最初の受注先であるアッサラームへと旅立った。各国と取引のあるアッサラームなら、広告力もかなりのものだし、それに加えて「アッサラーム王室御用達(ごようたし)」の宣伝文句もつく。あとはルナシータを気に入ってくれて、受注が入ればいいのだけど、結果が出るには今暫くかかりそうだ。

アッサラームへの納期が終わってから、私たちは半日の休息をとった。

働き詰めだった子供たちは、久しぶりに遊んだり歌ったりし、厨房の料理人やイズールたちも各々趣味に走ったり、昼寝したりと様々だ。

そんな中、私はひとり菜園にいた。明日も（たぶん）実るイモのために、余分な蔓を刈っておこうと思ったからだ。

「ここにいたのか？」

作業をしていると、カイエンがやって来た。

最近彼はよく菜園にやって来る。

イモを掘る作業が楽しいらしく、仕事の合間を見つけては、子供に交じって掘っているのだ。

「すみません。なにかご用でしたか？」

「いや、あ、仕事中か？　オレも手伝おう」

「えっ！　大丈夫ですよ？　これもすぐに終わりますから」

「いいんだ。土を触るのは好きだから」

カイエンは私の横に座り込むと、見よう見まねで蔓を切っていく。「好き」だと言うだけあって、手際はいい。

「普通なら菜園で王様が作業するなんて、あり得ないのでしょうね」

少なくとも、ロランでは見なかった光景だ。王や王子、王宮で働く貴族たちが、土をいじったりするのを見たことはない。

「はははは。オレは王らしくないか？」

「いっ⁉　いえいえ。そんなことは」

「別に構わない。そもそもオレは『王らしい』の意味がよくわからない」

カイエンは刈った蔓を脇に寄せると、そのまま地べたに胡坐(あぐら)をかいた。

「王とは、皆と作業をしないものか？　イモを掘らないものか？　それが王だというのなら、オレはなれないな」

「では、カイエン様が考える王とは？」

一瞬、カイエンは空を仰ぐ。頭の中の思いを言葉に変換している、そんなふうに見えた。

「王とは、王という名の職業で、仕事は民が健やかに暮らすための苦情処理係だな」

「苦情処理ですか？」

「うん。まぁ、つまり王っていうのは、民がいてこその王で、民が楽しく暮らせる国を作るためにいるものだと、オレは思う」

カイエンは、太陽を背にして屈託なく笑った。

王であるには純粋すぎる。そう思ったけど、シャンバラの人たちがなににも負けずいつも笑顔なのは、この王がいるからではないのか。

一度地に落ち、這い上がってくるのには、相当のパワーが必要だ。内乱により荒れ、干ばつで疲弊した危機的状況の中では、恐怖や圧政といった手段で国は復興しない。カイエンは復興するために一番必要なものを最初から持っていた。それは、正論と正義と愛情と笑顔だ。

「カイエン様は不思議な方ですね。でも、私、好きですよ、そういうの」

「すっ⁉　あ、うん、そりゃあ、どうも」

一瞬驚いて、それから素っ気なく、カイエンはよいしょと立ち上がった。

そして、思い出したように言った。

「あ、そうだ！　ルナ、明日、行くぞ！」

「行く？　どこへ？　あっ！　わかりました。集落を見に行くのですね！」

カイエンは頷いた。

苗を植えてから一週間以上経つ。王宮菜園ではここまで育ったけど、土が痩せている集落ではどうだろうか。せめて、少しでも根付いていれば希望が持てるのだけど。

「早朝出る予定だからな。そのつもりで準備をしておいてくれ」

「わかりました」

仕事のことは王宮のみんながわかっているので心配はない。

準備するものはなにもないけど、集落の人たちに、ルナシータを持って行くのもいいかもしれない。

次の日の早朝。

第二部隊のイズールたちや、早番の使用人たちに見送られ、私と第一部隊はシャンバラの集落に向かって出発した。

朝靄（あさもや）の中のレグラザードの町は、幻想的で美しい。まだ誰ひとりとして活動していない町の中は、昼間とは打って変わって静けさが支配する。その新鮮な空気を肺いっぱいに満たすと、寝惚（ねぼ）けた頭がスッキリ覚醒した。

「まずは近場から行く。一番遠くの集落に着くのは明日になるだろう」

馬上の後ろでカイエンが言った。

今回もまた、私は彼の馬に乗っている。本当はディアーハに乗るのが一番快適なのだけど、それは絶対に出来ない。

「一番遠いというと、アルバーダですね」

「そうだ。ロランとの国境付近、ルナが居たところだったな？」

そう言えば、そういう設定だった。

最初会った時、苦し紛れにアルバーダから来たことにしたんだっけ。あの時はなんとかごまかしたけど、今回は乗り切れるだろうか？　アルバーダまで行って、いろいろ詮索されたら、私の嘘なんてすぐにバレてしまう。

「アルバーダでは誰と住んでいた？　親戚の世話になっていたと言ったな」

カイエンが突然、雪崩の如く質問をしてきた。

「えっ？　えーと、えーっとですねぇ」

そんなところまで考えてない！

いや、考えたところで、アルバーダに行けば全部バレてしまうのだから……あっ、アルバーダと言えばハシムがいるじゃない？　申し訳ないけど、彼を使わせてもらおう。

「と、遠縁のおじいさんがいまして、そこでちょっとお世話に」

遠縁であること以外は嘘じゃない。今はこれで凌いで、アルバーダに着いてからごまかす手段を探そう。

「ふぅん。そうか」

カイエンはやけにアッサリ引いた。

さっきは畳み掛けるように質問してきたのに、ただの興味だったのかな？　それなら驚かせないで下さいよ、全く。

内心で悪態をつきつつ、私はピンチを切り抜け肩の力を抜いた。

レグラザードから一番近い集落ラグン。

アルバーダからレグラザードへと行く途中で寄ったこの場所も、ひび割れた大地に草木も僅かな、干からびた土地だった。そう、干からびた土地だったのだ。

しかし、私が見ている風景は、それとは全く違ったものだった。

「なんだ、これは⁉」

集落正面で、馬を止めたカイエンが呟いた。

干からびていたラグンの開墾地は、緑の蔓に覆われていたのである。

「王宮の菜園で巨大イモが実った時と全く同じ状況です、カイエン様」

ただし、王宮と違って桁違いの広さがあるラグンの開墾地。

その土中にどれだけの巨大イモが埋まっているのかを考えると、ちょっと恐ろしい。

「すると、ここにも王宮と同じイモが出来ているのか⁉」

「はい、たぶん。聞いてみないとわからないですけど」

よく見ると、開墾地には何度か掘られた跡がある。王宮菜園と同じなら、毎日同量実っているはずだ。

補給部隊は集落内に馬を止め、私とカイエンは住民に話を聞いた。

ラグンの長によると、苗を植えた翌日に蔓が繁り、まさかと思って掘ってみると巨大イモが大豊作。調理をすると、甘くほっこりしていて集落全員がお腹いっぱいになったという。

そして、やはり、イモは毎日実っていた。

「これは苗に原因があるとしか思えませんね」

開墾地の土の状態を確かめてみたけど、前に来た時とそんなに変わっていない。

「アッサラームからもらった種芋が特別だったのだろうか？」

「そうかもしれません。乾いた土地がその種芋とうまく噛み合ったのか。または……」

シータの言うところの「おイモの精霊」の仕業か。目に見えないものを信じないシャンバラの人たちに、これは理解しがたいことだ。

でも、子供たちや王宮の人は奇跡のような出来事を目の当たりにし、おイモの精霊の存在を信じ始めている。

それが、冗談であっても冷やかしであっても、声に出して感謝すれば精霊は聞いている。調子に乗って、力を発揮したりすることがあるのだ。

「これなら、他の集落も大豊作かもしれない。食糧が確保されれば、集落での暮らしもよくなるな！」

「そうですね！　あ、でもたくさん出来てしまうので、保存方法と保存調理の仕方だけは伝えておきましょうね」

「うん。そうしてくれ！　ルナがシャンバラに来てくれて本当に助かる。ありがとう」

カイエンの笑顔が炸裂する。この王様のスマイルはいくらだろう。人の心くらい簡単に買えそうな気がするわ。

「いいえ。そんな。私のほうこそ、楽しく過ごさせてもらっていますから」

「それならよかった。これからもずっといてくれよ？　シャンバラには永住権とか面倒臭いものはないから」

おどけて言うカイエンを見ながら、私も釣られて笑った。

ラグンの人たちに保存用イモレシピを伝え、お土産に持って来たルナシータを渡すと、私たちは次の集落へと向かった。

カイエンと出会った場所、まだ記憶に新しいキドニー集落の開墾地も、ラグンと同じく緑の蔓に覆われていた。

私たちが着いた時は、まさに集落の人総出で、イモ掘りが行われている真っ最中。

それはもう、一大イベントのように熱気で溢れていた。

「おーい！　お前たち！　大豊作か⁉」

カイエンが馬上から叫ぶ。

すると、子供たちがカイエンを見つけ、我先にと駆け付けた。

「カイエン様っ！　おイモがいーっぱい実ったよ！　すごいんだよ？　もうね、もうね、食べきれないくらいっ！」

子供のひとりが言った。

その子は、あの日、キドニー集落でカイエンと一緒にかくれんぼをしていた子供。

彼を見つけた男の子である。

「そうか、サリュー！　それはよかった。たぶんこれからもイモは実るからな。安心して腹いっぱい食べろよ」

「本当⁉　わぁーい！　あっ、でもね。穫れすぎちゃって倉庫がいっぱいで、みんな困っているんだ。どうしたらいい、カイエン様？」

「心配ない。オレたちが今から新しい倉庫を作ってやる。それに……」

カイエンはサッと馬を降り、私を下ろすと続けて言った。

「このルナが美味しく食べられる調理法を教えてくれるからな！」

「えっ！　今より美味しくなるの？　お姉さん、すごいんだね！」

サリューと子供たちは、キラキラした目で私を見る。

こういう期待が込められた目に弱いのよねぇ、私。力以上のものを出したくなっちゃって。

よし！　ルナねぇさん、張り切っちゃうぞ？

「ふふっ、誉めてくれてありがとう！　飽きが来なくて、美味しい料理、頑張って考えるね。

じゃあ、挨拶代わりに……」

と、私は徐にルナシータを取り出した。

実はここに来るまでお腹が空いて、カイエンと馬上でポリポリ食べていたのである。

「はい。これどうぞ」

「なに？　小枝？　じゃないよね？」

サリューは首を傾げて袋を受け取ると、一本取って後ろの子供たちへと渡す。

匂いを嗅いで、凝視して。

子供たちの様子は、毒かと訝しむカイエンのようで、私はクスッと笑いを溢した。

「小枝でもないし、毒でもないよ？　おイモで作ったお菓子なの。食べてみて？」

「お菓子⁉」

そう言うと、サリューと子供たちは、なんの躊躇もなく口へと運んだ。

さすがというか、なんというか。お菓子という言葉の威力は絶大である。

「美味しいっ！　なにこれ!?　すごく美味しいよ！」

「あまーい！　カリカリしていて、口の中でゴリゴリいうよ。面白いね！」

「もっと食べたいよぅ！　お姉さん。もうないの？」

「もちろんあるわよ！」

それを聞いた子供たちは、押し合いながら私に詰め寄る。

あまりの勢いに、おっと、と体をふらつかせると、後ろにいたカイエンが支えてくれた。

「おいおい。急がなくてもたくさんあるから。順番に並べ、ほらっ！」

「はぁい。カイエン様ー！」

元気よく返事をし、サリューと子供たちは私の前に並んで、小さな手を出した。

お友達なだけあって、カイエンは彼らの扱いがうまい。

王様じゃなかったら、保育士さんでもいけると思うよ。

たくさん持ってきたルナシータを子供たちに渡し終えると、集落の中へ移動する。

カイエンやシスル、第一部隊の人たちが倉庫を建てている間、私は集落の人たちとお菓子を作ることにした。

王宮ではまだ挑戦したことのないスイーツである。

前回来た時、家畜の牛と鶏がいるのを見たので、たぶんここには卵と牛乳があると思っていた。

それを持って来てもらうと、サリューの家を借りて調理を開始する。

まず、イモを茹で、柔らかくなったら細かく潰す。

そこに卵と牛乳を入れ、滑らかになるまで混ぜたら、きめの細かい金網で裏ごしする。

大きな鍋に五センチくらい水を張り、裏ごししたものを湯のみサイズの器に入れたあと、蓋をして蒸す。

すると、だいたい十五分くらいで『プリン』が出来上がる、はずなのだ。

日本にいた頃は、文明の力と豊富な材料で失敗したことはなかったけど、ここでは勝手が違う。

プリンが固まらないかもしれないし、見た目も悪いかもしれない。

そんな言い訳を心の中で繰り返しながら、十五分後、鍋の蓋を開けた。

「うわぁー！　いいにおーい！」

サリューが覗き込んで叫んだ。

モワッと立ち上る湯気の向こうには、黄金色の美しいプリンがあり、少し揺らしてみるとプルルンと揺れた。

よかった。ちゃんと固まっているみたい。

「えっ！　蓋閉めちゃうの？」

私がもう一度蓋を閉めると、サリューが残念そうな顔をした。

「うん。美味しくなるように、もう少し蒸らすの。そのあと、冷やしてみんなで食べようね！」

「へぇ。待てば美味しくなるんだね！　うん、わかった！　僕、待つよ」

「サリューはお利口さんだね！」

そう言うと、サリューはカアッと顔を赤くした。

そして、後ろで見ていた母親の元に向かい誉められたことを自慢する。

おしゃまなシータも可愛いけど、素直なサリューも負けずに可愛いわ。

いつか子供を産むなら、男女両方が望ましいわね。

そんな楽しい妄想を膨らませていると、不意にラシッド王子の「年のせい」発言を思い出して落ち込んだ。

そうよ、私、この世界の適齢期は過ぎているし、そもそも相手はどこだ！って話よ……。

私が切なくなっている間に恙無く（つつがなく）プリンは出来上がり、倉庫建設の作業をしていたカイエンたちが休憩に帰ってきた。

「いい匂いがしますね」

一番に帰って来たシスルが、鼻をくんくんさせる。

「お疲れ様、シスルさん。おイモプリンを作ったのです」

私はプリンをシスルの前に出した。

「プリン……プリン？　なんですかそれ？」

「ん？　もしかして、プリンは初めてですか？」

それは初耳だ。

でもそう言えば、ロランにいた時に食べた洋菓子のほとんどが焼き菓子で、プリンのようなものはなかった。

「私は初めて見ました。キドニー集落の人も恐らくそうでしょう。カイエン様は知っておりますか？」

シスルが後ろを振り返ると、そこにカイエンがいた。

「は？　なんのことだ？」

「これ、プリンって言うのですけど、知っていますか？」

今度はカイエンの目の前にプリンを出してみる。

すると、カイエンはあっさり首を振った。

「知らないな。でも、うまいんだろ？　ルナが作ったのなら、なんでもうまいに決まってる」

「え、き、決まっ……ていませんよ！　まだ誰も食べてないので味は保証しかねます」

「誰も食べてない？　ひょっとしてオレたちを待っていたのか？　それは悪かった！　じゃあ、早速皆で食べよう！」

カイエンの声を聞いて、サリューや子供たちが歓声をあげた。

王様たちが働いているのに、自分たちが先に食べるわけにはいかないと、集落の人たちは頑（かたく）なに言い、子供たちにも我慢するように言ったのだ。

王様のお許しが出たので、みんなは広場の中央に集まって、一斉にプリンを食べた。

隣に座るカイエンは、その様子をスプーン片手に眺めている。

「カイエン様、毒味をしましょうか？」

私は尋ねた。

まだ少し心配なのかもしれない、と思ったから。

「いや、必要ない」

「本当に？」

「ああ。ルナの作ったものは、他の誰が作ったものよりうまくて安全だ。信じているからな」

カイエンはにっこりと微笑み、プリンを一口食べた。

それと同時に、至るところから幸せそうな声が聞こえてくる。

子供たちは遠慮なく平らげて二個目に突入しているし、大人は味わうようにゆっくりと堪能する。

中でも、私は老人たちの声に注目した。

「甘いねぇ、それに、とても滑らかだ」

「舌触りのいいこと……私のような歯が弱い年寄りでもすんなり食べられるよ」

老人たちは、噛み締めるように言った。

彼らの感想は、とても参考になる。ルナシータはとても美味しいけれど、固くて歯が弱い老人には食べづらい。でも、プリンなら幼児から老人まで、全年齢で堪能してもらえる。

ルナシータのように商品化すれば需要もあるかもしれないけど、問題は賞味期限。

保存に特化したルナシータと違い、プリンは長く持たない。

これは、各家庭で楽しむ他はないわ。

「プリンか。いや、参った。こんなに溶けるように柔らかく、それでいて濃厚な食べ物があるのだな。ルナはなんでもよく知っている」

考え事をしていると、カイエンが言った。

「へっ？　あ、いえ、そんな」

「どこで習ったのだ？」

「習ったわけではないです。死んだ母親も祖母も料理好きで、いろんなものをよく作っていたから、その影響かもしれません」

「なるほどな。優しい人たちだったのだろう。ルナを見ていればわかるよ」

カイエンの飾らない笑顔に……不覚にもキュンとした。

父親を早くに亡くしたせいか、どちらかと言うと年上好きになってしまい、年下男子に目が行くことはまずなかった。

ここに来て、急に年下のよさに目覚めてしまったのだろうか。

でも、たとえこちらが目覚めてしまっても、カイエンからしたら迷惑そのもの。

だって、五歳も年上のオバサンだもんね。

「どうした？　ルナ？」

「あ、いえ。別に……」

年下に目覚めたかもなんて言えない。

そう思いながら視線を彷徨(さまよ)わせると、イモ畑の真ん中に立つ女の子を発見した。

集落の人は、今、全員広場に集まっているはずだけど、もしかしたら呼び忘れた子供がいたのかもしれない。

「カイエン様！　ちょっと失礼します」

言うと私は立ち上がる。

「えっ？　どこに行くのだ？」

「プリンをもらってない子供がいるみたいなので、持って行ってきまーす！」

「こ、子供!?　お、おいっ！」

驚くカイエンを置き去りにして、私はプリンを掴みイモ畑へ駆け出した。

古い倉庫と新しく建築中の倉庫の前を小走りで通り抜け、開墾地のイモ畑に着くと、少女はど真ん中で楽しそうに歌い踊っていた。

薄紫の軽やかなドレスが緑の波の上でヒラヒラと揺れる。

シャンバラの子供たちとは少し衣装が違う？

そんな違和感を抱きながら、近付いてみると、少女が立ち止まりこちらを見た。

「ねぇ、あなたプリンはもらった？」

「プリン？　ふふ。可愛い名前じゃの」

少女は質問に答えずに、花が溢れるように微笑んだ。

だけど、どうも喋り方がババ臭い。おばあちゃんっ子だったのかな？　そう納得して少女を見ると、また違和感に襲われた。

瞳の色が、ドレスと同じ薄紫。

シャンバラ国の人はみんな、カイエンを始め程度の違いこそあれ瞳の色は緑である。

少女はどう見ても、ここでは私と同じ異邦人だ。

「集落の子供？　ここに住んでいるの？」

「まぁの。いろんなところに住んでおるよ」

「それ、どういうこと？」

少女の珍回答に、私は盛大に首を傾げた。

ここにも住んでいて、いろんなところにも住んでいる、とはどういう意味なのか？

暫く考えを巡らせて、あるひとつの結論に達した。

考えられる答えはこれだ。

たまたま違う開墾地へ向かうのに、偶然このキドニー集落に立ち寄った。

それなら、いろんなところに住んでいるという珍回答の説明がつく。

「いろいろ大変だねぇ、頑張ってね」

考えを自己完結させると、持ってきたプリンを少女に渡した。

すると、少女はまじまじとそれを見つめ私に言った。

「うむ。もう少しじゃな」

「も、もう少し……ってなにが？」

今度は謎かけですか？

いや、もしかすると「このプリン、まだなにか足りないよ？　もっと美味しくなるよ？」っていうダメ出しかも？

考えあぐねていると、突然少女が叫んだ。

「信じよ！　讃えよ！　妾は期待されると頑張りたくなる性格じゃ！」

「え？　え？　ええっ!?」

もう、なにがなんだかさっぱりわからない。

言葉を失う私を見て、少女はクスクスと笑ってプリンを持ったまま踊り出した。

軽やかに飛ぶように、蔓の上をヒラヒラと舞う姿は、おイモの精霊が降臨したかのようだ。

だけど、少女は精霊じゃないと思う。

ロランで私が見ていた精霊と、この少女は全く異なっている。

精霊は半透明でふわふわと宙に浮き、人の形は取るけど、不安定ですぐに形を崩してしまう。

それに比べて少女は、はっきりとした人型である。こんな精霊は見たことない。

「ルナ?」

「あ！　はい、なんでしょう?」

振り向くと、カイエンが心配そうな様子で私を見ていた。

「どうしたのだ?　疲れたのか」

「いえ?　全く疲れていませんけど……」

謎かけを解くので少々脳が疲れましたけど、それ以外はめちゃくちゃ元気です。

「そ、そうか?　いや、ひとりで畑に立っているから、体調でも悪いのかと思ったぞ」

「は?　ひとりじゃないですよ?　ほら、この子が……」

私はカイエンから視線を逸らし、少女のほうへ向いた。

しかし、そこには誰もおらず、緑が繁るイモ畑が広がるだけだった。

「この子?」

「今、ここに女の子が……あ、え?　ええっ!?」

私はいったい、なにを見たのだろう。さっきの少女が精霊じゃないのだったら、なんなのだろう。

そう思った瞬間、背筋がゾゾッと凍り付いた。

精霊……じゃなくて……幽霊？

シャンバラの大干ばつで、不幸にも亡くなってしまった少女の霊だろうか。

「カイエン様。この辺りって、干ばつで亡くなった方とかいました？」

「干ばつの被災者か？　ああ、少数だが何人かいたはずだ。気の毒に……」

「そうですか……」

ということは。信じたくないけど、幽霊だったのだろうか。

あの妙な謎かけも、意味のわからない言葉も、迷い出てきた幽霊の見せた幻。

「本当に大丈夫か⁉　どこかの家で横になるか⁉」

「へ、平気ですよ！　それよりも、倉庫の建築を急がないと。私も手伝いますから、今日中に仕上げちゃいましょう！」

「あ、うん。それはそうだが。ルナの手伝いはいらないぞ？　戦力になりそうにない」

「どうしてですかー！　私だって、釘くらい打てますよ」

意地になって叫ぶ私と、あははと笑うカイエン。明るくなった雰囲気に、私は心底ほっとした。

精霊が見えなくなって、幽霊が見えるようになりました、ってなんの冗談よ！

私、オカルトは苦手なんだから！

キドニー集落での倉庫建築は、カイエンたちの頑張りにより、夜半過ぎには終了した。

その日は集落に一泊し、次の日の朝、アルバーダへと向かう。

馬上で揺られながら、例の件について、どうやってごまかそうかと必死に考えた。

でも、うまいかわし方は思い付かない。

カイエンより先にハシムを見つけて「内緒にして下さい！」と頭を下げるしかない気がするけど……。

それはハシムに、王様に嘘をついて！と言っているようなものだ。

カイエンのことを尊敬しているような口振りだったから、たぶん了承してくれないと思う。

ああっ！　私はいったいどうすればー！

いい案が全く思い付かないまま、第一部隊はシャンバラの最果て、アルバーダ集落に着いてしまった。

「おや？　なにか様子がおかしくないですか？」

後ろのシスルがカイエンに言った。

見ると、アルバーダ集落の入り口の柵が半分外れている。

カイエンは馬を駆け、集落の入り口に急いだ。

「前回来た時は壊れていなかったな？」

「はい。異常はありませんでした」

眉間に皺を寄せるふたりを見て、私も頷いた。

ハシムに付いて集落の中に入った時、入り口は壊れていなかった。

補給部隊が苗を持って行った時も異常がなかったのなら、それ以降に壊れたことになる。

「確かめてみよう。なにか起こっているのかもしれない！　急げ！」

「わかりました。第一部隊、馬を降り、陣形を整えながら慎重に集落へ入る！」

シスルの号令に、全員が馬を降り、陣形を整えながら慎重に集落へと入った。

内部は閑散としている。最初に来た時も、静かで人もほとんど見なかったけど、今日ほどではない。

ゴーストタウン、という名が相応しいくらいの寂れようだ。

これは、なにかが起こっている。私たちは全員、そう感じて中へと進む。

すると、近くの民家の窓から、老人が顔を覗かせた。

「カイエン様！　おお、カイエン様じゃ」

老人が嗄れた声で言うと、窓にわらわらと人が集まる気配がした。

「皆、どうしたのだ!?　ナヤン！　なにがあった!?」

扉を開け、カイエンは民家へと飛び込み、それに私も続く。

家の中には、集落中の人が身を寄せ合って隠れているようだった。

なにから逃げているのかわからないけど、怯えているのが表情から窺える。

「カイエン様……よくぞ来て下さいました！　実は、つい先ほど、ロランの兵士がやって来たのです」

ナヤンと呼ばれた男が言った。

恐らく彼が集落の代表だろう。

「ロランの兵士？　国境を越えてか？　どうしてだ⁉　奴らの目的はなんだ？」

「人を捜しているようでした。確か、聖女はいるか？　聖女を隠しているなら出せと。兵士は家の中まで入り、家捜ししました」

「聖女？　ああ、ロランが追い出したというあれか。それで？」

「はい。ハシムの家に入った兵士がなにかを見つけて、聖女は何処(どこ)へ行ったのだ！　と、ハシムを尋問しました。しかし、知らぬ存ぜぬを貫いたハシムは、兵士に捕らえられ、そのままロラン方面へと連れていかれてしまいました……」

ナヤンとカイエンの会話を隣で聞いた私の手は、だんだん冷たくなっていった。

ロランの兵士が見つけたのは、きっと私の服だ。

ハシムの家に置いていった、娘さんの服と交換した、聖女の装い。

兵士が尋ねた時に、ハシムは気付いたはずなのに、なんで言わなかったのだろう。

あの時、私はシャンバラの王様を探して、次の集落に行くと言った。

どうしてそれを言わなかったの？

「なんだと⁉　勝手にシャンバラに入って我が民を連れ去るなど許しがたい！　今すぐ追うぞ、シスル！　まだ追い付ける！」

「はいっ！　全員、馬の用意！　全速力でロランの兵を追う！」

「はっ！」

第一部隊は瞬時に集落入り口へと向かう。

それを見て、カイエンが神妙な面持ちで振り向いた。

「ルナはここにいろ」

「あ、あの……私」

咄嗟に、一緒に行きます！　と言おうとした。

でも、やめた。私がいると、その分だけ速度が遅くなる。

足手まといなのだ。

「はい」

私が頷くのを見て、カイエンは入り口を出ていった。

「お嬢さん、顔色がよくないね。心配なのかい？」

「ナヤンさん……ハシムさんは、なにも喋らなかったのですよね？　一言も？」

「なにも言わなかったよ。これはワシの想像だが、ハシムは、知っているが言うものか！　という様子に見えたな。なにかを守っとる、そんな風に」

ナヤンは腕を組み溜め息をついた。

「ハシムは頑固なのだ。言わんと決めたら死んでも言わん。だから心配なのだよ。ロランの兵士に酷いことをされなきゃいいが……」

ナヤンはまだなにかを話していたけれど、私の耳には入ってこなかった。

ほんの短い時間、言葉をかわしただけ。

他人でしかも、他国の聖女。

シャンバラのことを助けに来なかった悪名高い聖女のことなんか、さっさと喋ってしまえばいいのに。

私のせいで……捕まった。

私のせいで……。

「お嬢さん？」

私の様子がおかしいのを、訝しんだナヤンが覗き込んできた。

「私……」

「ん？　どうしたね？」

「ちょっと、外の空気を吸ってきますね！　なんだか、疲れちゃってー」

「おお！　そうだな。顔色も悪いし、外で少しゆっくりしておいで」

優しく笑うナヤンに頷き返し、私は早足で外へ出た。

民家から出て、集落の外まで一気に駆け抜けると、空に向かって叫ぶ。

「ディアーハ‼」

声に反応して、白く輝く聖獣が現れた。

「おうおう、なんだ？　ひょっとして、あのじいさんを助けに行くって腹か？」

「そうよ」

「自分から正体をバラすことになるぞ。それでもいいのか？」

今行けば、カイエンたちと鉢合わせするリスクは高い。

ロランの兵士の前に姿を現せば、シャンバラにいることがバレてしまう。

でも、私のせいでハシムが酷い目に遭うなんて耐えられない。

「構わないわ」

きっぱり言うと、ディアーハは素直に地面に降りて、私を背に誘導した。

「飛ばせばすぐだ。しっかり掴まっていろよ？」

「うん！　お願い、ディアーハ！」

聖獣は大地を蹴り、白い翼を広げ大空に飛び立った。

アルバーダ上空は、夕日のせいでオレンジ色に染まっている。

その中を、ディアーハと私は矢のように飛んだ。

ハシムを捜さなければならないため、高度は出来るだけ下げる。

舞い上がる土煙に耐えながら、私は必死で目を凝らした。

「シャンバラの奴らに追いついたぞ」

ディアーハの声に下を確認すると、第一部隊の土煙が見えた。

恐ろしく速いスピードで走っているけど、それでもまだ、近くにロラン兵の姿は見えない。

「追い越して先を急ぐぜ。早くしないと国境に着いちまう」

「大変……ロランに入ってしまう前に追い付かないと！」

「任せろ」

ぐん、とディアーハはもう一段階スピードを増した。

頬に当たる風が痛い。でも、逸る気持ちがそれを忘れさせた。

乾いた大地の向こうに、見覚えのあるロランの国境が朧気に見えてくると、ディアーハが声をあげた。

「いたぜ！　このまま突っ込んで回り込むぞ！」

「うんっ！」

目にも止まらぬ速さでロランの兵に追い付くと、余裕を持って旋回する。

そうして、彼らの前に立ちふさがったディアーハは、威嚇の雄叫びをあげた。

「グオォォー！　ガルルル……」

突然前を塞がれたロラン兵は、怯える馬を宥め(なだ)ながら後ずさる。

兵士はふたり。後ろにいた兵士の馬に、縄で縛られたハシムが乗っていた。

疲れ果てているけれど、怪我などはしていない。

彼は私とディアーハを見て驚いているようだった。

「なっ、聖獣だと！　では、聖女様か？」

前にいる兵士が叫ぶ。

「そうです！　あなたたちの捕らえたシャンバラの方を放してくれませんか？」

「ええ、もちろんです聖女様。あなたが私たちとロランへ帰るなら、こいつを解放しますよ」

兵士たちは馬から降り、ハシムを下ろすとその喉元に剣を突き付けた。

「なにをするのですか！」

「なにをって……聖獣をこちらにけしかけられても困りますから。あなたを拘束するまでこいつは人質です」

「わ、わかりましたから、その人を傷付けないで」

ディアーハに目配せすると、彼は私の意を酌んで姿を消した。

それを見た兵士たちがニヤリと笑うと、突然ハシムが叫んだ。

「なんで来たのだ⁉　ワケありなのは薄々わかっていた。ロランに帰りたくないのだろう？　ワシのことはいいから早く逃げなさい！」

「ハシムさん……ご迷惑をおかけしてすみません。確かにワケありです。でも、私、誰かを犠牲にして逃げたくない」

「そんな泣きそうな顔をして言われても、なんの説得力もないわ……」

ハシムは力なく呟いた。

泣きそうな顔なんてしてない。ただ、楽しかった夢が覚める。それだけのことなのだから……。

兵士たちは、私とハシムの会話を怪訝(けげん)な顔をして聞いていた。

聖女（私）と老人（ハシム）の関係性がわからないのだ。

「さぁ、聖女様。ゆっくりこちらへ。人質交換と行きましょう」

「わ、わかっているわよ」

兵士たちは慎重に一歩近付いた。

これほどまでに警戒しているのは、ディアーハがいるからだ。

ロランの神殿から私を連れて逃げたディアーハ、彼は神出鬼没なのだ。

一歩ずつ徐々に、兵士たちとハシム、私は歩みを進める。

そして、あともう少しで手が届きそうになった時、夥しい蹄の音が大地に響き始めた。

「なっ、なんだ⁉」

「土煙が見えるぞ⁉」

一瞬明らかに気を取られた兵士たちの隙を、私もハシムも見逃さなかった。

「ディアーハ！　お願いっ！」

叫びとほぼ同時に、現れたディアーハがロラン兵に飛びかかった。すかさずハシムは身を屈める。

驚いた兵士たちは剣を取り落とし、更に尻餅をついた。

「ハシムさん！　こっちへ！」

私はハシムを引っ張り、後ろ手に庇った。

慌てて立ち上がろうとする兵士たちを、ディアーハが足で押さえ付け動けなくすると、間もなくシャンバラ第一部隊が到着した。

タイミングとしては、もう最悪である。

ロラン兵には私とシャンバラとの関わりを知られ、カイエンたちには私が聖女だと知られる最悪のシチュエーション。

聖女だと知ったら、カイエンはもう家族だなんて言ってくれなくなると思う。

シャンバラの危機を無視し、手を差し伸べなかった女。

実際は少し違うのだけど、言い訳なんてしたくない。

結果的にシャンバラの大変な時に、私はここに来られなかったのだから。

恐らく、シャンバラを去ることになるだろう。

でもそれは、ハシムを救いに来ると決めた時に覚悟している。

カイエンとシスル、第一部隊のみんなは、ここにいるはずのない私と、真っ白な珍しい獣を見て目を見開いた。

……驚くのも当然だ。

しかし今は、それより先に片付けなければならないことがある。

「カイエン様！　早くハシムさんを保護して下さい」

「……っ、ああ。ハシム無事でよかった！　シスル、彼をこちらへ！」

カイエンはシスルに言い、シスルがハシムを保護したのを見ると、また私に視線を戻した。

その目は、最初に比べて幾分か落ち着いている。

「くそっ！　見たところお前たちシャンバラ兵だな。聖女様は我がロランのものだ！　ロランの魔鉱石で召喚したのだぞ！」

ディアーハに踏み付けられている兵士が叫んだ。

勝手に呼んでおいて、使えなくなった途端いらないと言ったのはどこの誰だっけ？

カイエンは、私からゆっくり目を逸らし兵士を睨み付け、静かに言った。

「私はシャンバラ王、カイエン・ミスリル・シーザード。お前たちの行ったことは、シャンバラ領土への侵犯、及び民を勝手に連れて行くという拉致(らち)行為である。大陸法に背く行為だ」

とても丁寧な口振りに、逆に怒りを感じた。

カイエンが怒っているのを見たのは初めてだ。

その怒りが兵士に向けられているのか、果たして私にも向けられているのか。考えるのが怖い。

「シャンバラ王だと……た、他国の王が口を挟むな！　我らは聖女様を隠した疑いのある者を捕らえたまで！　ロラン国のものを取ったのだから……」

「黙れっ！」

カイエンの怒号が、ひび割れた大地に響き渡った。

私もシスルもハシムも。

第一部隊も、ロランの兵士たちも。

みんな怯えてビクッと体を揺らした。

「言わせておけば、ルナを物のように言いやがって！　この際はっきり言っておくが、彼女はロランの所有物ではない。意思のある、自由なひとりの人間だ」

「な、なにを……」

兵士が返答するのを、カイエンは許さなかった。

「お前たち、ルナの力が失くなったから、追い出したのだろう？　力ずくで連れ戻そうなんて、一国家として恥ずかしくないのか？」

「……っ！」

「それに、もうルナはオレの家族だからな。どこにも行かせない」

「えっ？　カ、カイエン様⁉」

聖女が嫌いなはずでしょう？

聖女を憎んでいるはずでしょう？

私がその聖女だと知ってしまったのに、まだ家族だと、シャンバラにいていいと言ってくれるのですか？

「そ、それは！　もしや……」

ロランの兵士は、カイエンの言葉を聞いて愕然(がくぜん)とし、それから絞り出すように言った。

「聖女様を妃にしたと言うことか？」

「へ？」

突拍子もない問いかけに、私の喉から変な声が漏れた。

どこをどう聞き違えたら、家族が妃になるのだろう。一文字も合ってない。

ま、まぁ、放っておいてもカイエンが訂正するよね？

そう判断して、私はカイエンの言葉を待った。

「そうだ！　妃として迎えた。だからお前たちの主にこう伝えるがいい！　『我が妃に用があるならば、正式な手続きを取ってから来い』とな」

「くっ、なんということだ」

ロランの兵士たちは蒼白になり、私はだらしなく口をパクパクさせた。

あの、今、なんとおっしゃいました？

気のせいでなければ、妃って言ったよねぇ⁉　妃って、お嫁さんよねぇ⁉

「わかったなら去れ！　ぐずぐずしているなら、ここで切り捨てるぞ！」

「くそ、一旦引く。シャンバラ王よ、覚えていろ。ロランは聖女様を諦めないからな！」

兵士は負け犬の決まり文句を叫んだ。

そして、ディアーハが上から退くとすぐ、ロラン方面へと逃げるように去っていった。

さて……。

片方の面倒事は片付いたけど、問題は残ったほうである。

カイエンは、なにが起こったのかわからない私に近付くと、怖い顔で怒鳴った。

「待っていろと言っただろ！」

「は、はい。あの、でも……ん？」

あれ？　怒るの、そこですか？

言い訳しようとした私は首を傾げた。

第一声は「聖女だったのか！　オレたちを騙していたのだな！」と言われるものと勝手に考えていたから。

「オレたちがそんなに信用出来ないか？　頼りなく思えたか？」

「ええっ⁉　いや、そうじゃないですよ！　そうじゃなくって。ハシムさんが連れて行かれたの……私のせいだから、なんとかしなきゃって」

「だとしても、ひとりで突っ込んでいくなんて無謀だろ？　全く……」

頭を抱えて座り込んだカイエンは、はぁーと大きな溜め息をつく。

それを見て、シスルもハシムも周りのみんなも、一段落したように顔を見合わせている。

雰囲気が少し落ち着いたのを感じて、私はゆっくりカイエンに近付いた。

「あのぅ……私、（元）聖女なのですけど？」

……直球である。

もう少し言葉を選べばよかったと、すぐに後悔したけど、もうこれ以外、言いたいことはない。

どうしてみんな、一番の問題をスルーするのか⁉

それが、気になって気になって仕方ない！

「みたいだな」

カイエンは普通に言った。

「みたいだな、って。驚くとか、びっくりするとかないのですか？」

「驚くとびっくりするは一緒だな」

私の失言の揚げ足を取ると、カイエンは若干頬を緩めた。

「驚いているよ。だが、それは大した問題じゃないんだ」

「どういうことです？　カイエン様、聖女のこと嫌っていたじゃないですか？　それが、大した問題じゃないなんて」

バレたら大変なことになるって思っていた。シャンバラにはいられなくなるだろうとも考えていた。

なのに、違うの？

「聖女であろうがなかろうが、ルナというひとりの人間を知ってしまったオレたちには、そんなの関係ないということだ」

「ひとりの人間……」

「聖女であったからといって、ルナはルナ。なにも変わらない、オレたちは家族だよ」

「カイエン様……」

周りを見ると、第一部隊のみんなも、シスルもハシムも、カイエンと同じ表情で微笑んでいた。

なにも変わらない、ずっとここにいていいんだよ？と、そう言っているように。

張り詰めた気持ちが一気に緩み、私はその場に座り込んだ。

すると、カイエンと目線が同じになり思わずふたりで笑い合う。

……そうか、そうなんだ。

聖女じゃなくても、力なんてなくても、私の居場所はここにある。

必要としてくれる、必要とする人がここにいる。

ふわふわと温かい気持ちになっていた私は、突然あることを思い出してしまった。

「あの、そう言えばカイエン様？　ロラン兵に言ったことは、なにかの冗談ですよねぇ？」

「ロラン兵に言ったこと？」

「ほらあれ。妃にした、っていう、あれ」

「うっ」

カイエンは呻いた。

さっきまで、威厳のある王様だった彼の顔はみるみる赤くなっていく。

「ど、どうしたのですか!?　熱でも出ましたか？」

「い、いや、その」

視線を彷徨わせるカイエンの後ろから、シスルが訳知り顔で一歩進み出た。

「ルナさん。それはですね、あのままだと戦が始まりそうだったからですよ？」

「戦……ですか？」

「はい。元々あなたはロランの聖女。だから、取り戻すために軍を送り込むという大義名分がありますす。しかしながら、カイエン様の妃だということになれば、おいそれと手出しできない、わかりますか？」

「あ、そうか！　仮にも他国の妃を武力で拐おうなんて、大問題ですよね。なるほど、だからカイエン様は……」

つまり、私のためだったってこと？　さすが有能な王様。

あの短い時間で、ここまで考えていたなんて頭が下がるわ。

「ありがとうございます。カイエン様。私を守るためにそんな嘘を」

「うん？　いや、まぁ、全てが嘘って、わけじゃない、というか……」

カイエンは、まだ、しどろもどろである。

素晴らしい案なのに、どうしてこんなに挙動不審なのだろう？

どうだ、オレ、すごいだろ？って威張ってもいいくらいなのに。

そんな王を見かねたのか、シスルが助け舟を出した。

「まぁ、こんなところにずっといるのもなんですから、さっさとアルバーダへ帰りましょう」

「あ、ああ！　うん！　帰ろう、さっさとな！」

我に返ったカイエンは、シスルの案に素早く同意して立ち上がる。

そして、私の真横に控えたディアーハを見た。

「珍しい獣だな？」

「はい。彼は聖獣のディアーハといいます。ロランから私を連れ出してくれて、いつも守ってくれる頼もしい相棒です」

私が紹介すると、ディアーハはスタスタとカイエンへと向かって行った。

ディアーハが、私以外の人間の側に行くなんてかなり珍しい。

ロランにいた時は、絶対にしなかった行動だ。

「ディアーハ、白き聖なる獣か」

ディアーハとカイエンは、ともに見つめ合ったまま、暫く動かなかった。

やがて、ディアーハがフッと姿を消すと、なにかを納得したようなカイエンは部隊に命令を下した。

「全員、アルバーダへ帰還する！」

そうして、私たちはアルバーダへの帰路についたのだ。

帰った頃にはすっかり陽は落ち、辺りは闇に包まれていた。私たちはアルバーダで一夜を過ごし、翌朝集会所に集まった。

「それじゃあ、ロランの聖女様っていうのは、精霊と話が出来る、ということか？」

「はい。万物精霊の声を聴き、力を借りる。そうやって大地と人間との均衡を保つのが私の仕事でしたが……」

驚いたハシムが甲高い声をあげた。

「今はその力がない」

隣に座ったカイエンが言った。

アルバーダに着くまでの道中で、私はカイエンにここまでの軌跡を語って聞かせた。

この世界にやって来るまでのこと。

そして、やって来てからのこと。

もちろん、シャンバラの危機を知らなかったことも、嘘偽りなく話した。

知らなかったからといって、許されるわけではない。

だけど、カイエンはそれを責めたりしなかった。

それどころか、私が気に病んでいないかと心配するほどであった。

「精霊などが本当に存在するとは、ワシらも信じられなかったよ。だが、このイモの大豊作を見れば、なぁ？」

ナヤンが他のみんなに問いかけると、老人たちが条件反射のように首を縦に振る。

他の集落同様、アルバーダでも巨大イモは大豊作であった。

一晩で実るイモに、集落の老人たちは腰を抜かすほど驚いたらしい。

「ワシらは目に見えないものは信じないが、こうも奇跡が起こるともう……イモの精霊を信じるしかないわ」

「あはは。私はおイモの精霊っていうのは見たことないですけど、ひょっとしたら、いるのかもしれませんね！」

レグラザードから辺境のアルバーダまで。

おイモの精霊は、これで国内のあらゆる場所に浸透したことになる。

シャンバラ全土で、イモが繋ぐ不思議なネットワークは、無神論者の民に、精霊信仰という共通意識を持たせたのだ。

「私の力が失われてなかったら、おイモの精霊の姿も見えたかもしれないのに。そうすれば、もっとシャンバラのためになることが出来たはずなんですよね……」

「なにを言っとるんだ？　力が失くならなかったら、あんたここにはおらんだろ？」

ハシムが言うと、みんなが大笑いした。

「た、確かにそうですね。でも、シャンバラの現状を見て、自分が無力なのを思い知って……」

「そりゃ違う。あんたが来てくれたからこんなうまいもの、食べられるんだろ？」

ハシムは目の前に置かれたプリンの器を指差した。

アルバーダで、私はまたプリンを作った。

老人しかいないこの集落では、プリンが喜ばれるかと思ったので、キドニー集落から卵と牛乳を拝借していたのである。

ここでは、せっかくのイモも料理を作る人がいなくて、ずっと蒸して食べていたらしい。

まぁ、それでも十分美味しいのだけど。

「いや、でも、このくらいのことで……」

私の反論に今度はナヤンが口を挟んだ。

「お嬢さんがイモの苗を植えるのを提案してくれたのだろう？　おかげでワシらはひもじい思いをしなくて済むんだよ？　それだけで、大したことさ」

「そ、そうですか？　でも……」

「ルナ。人生の先達（せんだち）の誉め言葉は素直に受け取っておけ。それらはだいたい正しい」

黙って聞いていたカイエンが、優しく言う。

すると、老人たちが「そうじゃ、そうじゃ」と口々に同意した。

ロランにいた時は、全てがやって当然で、誰かから感謝されることも誉められることもなかった。

だけど、当たり前のことでも誉められたり感謝されるのは嬉しい。

なにか、自分が認められたような気になるから、だと思う。

「はい。みなさん、ありがとうございます。私、これからもみなさんのために出来ることを、自分なりに探していこうと思います」

私が決意を込めて言ったのに、老人たちは「真面目か！」「堅いわ」「もっと適当でええんじゃ」と、ダメ出しを返してくる。

でも、それが親愛の情だというのはすぐにわかった。

彼らの表情は、まるで娘や孫を見るように柔らかだったからだ。

「ははは。ルナ、口うるさい家族がたくさん出来たな？」

カイエンがからかうように言うと、老人たちの矛先が変わった。

「おやおや、カイエン様も言うようになりましたな？」

「そうじゃな。さすが、お妃様をもらうと貫禄が出るわい」

「お、おいっ！」

思わず叫んだカイエンを見て、どっと笑いが巻き起こり、集会所の中はふんわりと温かな空気に包まれた。

そして、寂しかったアルバーダに、ほんの一時、活気が溢れた。

第四章　聖女、奇跡を見る

アルバーダから帰還し、王都レグラザードに帰ってくると、思わぬ人がやって来ていた。

アッサラームのアミード・デュケーン。

つい最近帰国したばかりの彼が、早々にシャンバラへと来たのには、とんでもない理由があった。

「突然ですが、在庫が尽きました」

アミードは祝宴の間にて、開口一番そう言った。

「在庫？　なんのだ？」

カイエンはポカンとしている。

その場の会合に呼ばれた私とシスルも同じ表情である。

「ルナシータです。試しに、と買ってくれた国々から、瞬く間に追加注文が入りました。もうね、バカ売れです」

「バカ売れ……なのか⁉」

「バカ売れです」

アミードは表情を変えず、挨拶をするようなイントネーションで話した。

さも「当たり前」かのように、である。

そして、そのテンションのまま続けた。

「しかし、今のままでは大量生産は無理ですよね？　ですので、増産体制を整えるべく、私アミード、暫くシャンバラに滞在することにいたしました」

「あ、ああ。それはありがたいが、アッサラームのほうはいいのか？」

「問題ありません。私がいなくてもなんでも出来るように手引書を作成してあります」

アミードはキリリと眉を上げた。

手引書って、マニュアルだろうか。君主制なのに、まるで優良企業のようなシステムね。

王が社長なら、さながらアミードは営業部長兼総務部長かな？

「ふ……さすが、アッサラーム。揺るがぬ基盤があるのは、優秀な人材が支えるおかげだな」

「なにをおっしゃいます。シャンバラはこれから大繁栄を遂げるのです。それは我がアッサラームをも超える繁栄かもしれません。というわけで、今からシャンバラに恩を売り、後々返してもらおうという思惑でここに来ています」

なにか、さらっと問題発言しませんでした？

内に秘めておいてもいいようなことを、さらっと暴露しましたよねぇ!?

「いやはや……デュケーン殿は嘘がなくていい」

シスルが感心して言った。

でも、外務担当が本心駄々漏れは大問題じゃないかな？

そう思っていると、アミードが飄々と反論した。

「いえいえ、嘘はつきますよ。シャンバラではその必要がないだけで、よそでは嘘だらけです。で、本題ですが……」

え、ええっ？　いきなり話を切り替えた⁉

淡々とした様子のアミードに私は翻弄されている。

前に話した時は、説明のとてもうまい人だなぁ、という印象しかなかった。

だけど、今は、ちょっと得体の知れない変わり者という感じだ。

「ルナさん、イモの収穫量は前と変わりませんか？」

「ふぇ⁉　あ、はい。ずっと同じです」

「では、菜園の土地を拡張すれば、収穫量は増えると思いますか？」

「え？　ええ。キドニー集落の広い開墾地を見たのですが、ビッシリと実っていました。恐らく、畑として耕した場所には遠慮なく育つのだと思います」

この辺りでは一番広いキドニーの開墾地は、律儀に畑の区画内ギリギリまでイモが実っていた。

狭くてもそれなりに。広ければ思う存分。

おイモの精霊は、場所に応じて自由自在に出来高を変えている。

あとアルバーダで気付いたこともある。

老人たちだけでは、畑に実った大量のイモを全部収穫することは出来なかったらしい。仕方なく放置しておくと、収穫したところにだけ新しいイモが実り、放置していた場所のイモはそのままだったのである。

つまり、収穫した分だけ実る……という事実が判明したのだ。

「では、各集落の開墾地の面積を増やし、イモの収穫を各集落に任せる。そして、王宮でルナシータの製造を一手に引き受けましょう」

「産地と製造をわける、ということですか？」

「その通り分業です。ここで、収穫から製造を全てするのは効率が悪いので」

「なるほど。それならルナの負担も減るな」

カイエンが話に加わると、アミードはコクリとひとつ頷いた。

「ええ。全員の負担を減らすことは、作業効率の向上に繋がります。効率よくじゃんじゃん儲けましょう」

じゃんじゃん儲けましょう……って真面目な顔で言わないで。

私は吹き出しそうになるのを必死で堪らえた。この人、お役人というよりは、断然商人のほうが向いている。

アッサラームが商売上手で、どんどん大国になっていくのは、間違いなくアミードのおかげだ。

こうして、アミードの指揮の下、シャンバラ王宮にルナシータ製造所が建設されることになった。

一階広間の裏手から菜園までを一気にぶち抜き、製造ラインを作る。

この大工事を、レグラザードの民が総出で手伝ってくれた。

足りない建築材料等は、アミードがアッサラームへ発注する。

また、ルナシータを気に入って注文してくれた他の国々も、大量に購入出来るならと、投資を買って出てくれた。

そんな多数の援助もあり、ルナシータ製造所は当初の計画よりも早く完成し、量産体制が整った。

近代的な裁断機に、大量のイモを一気に揚げられる厨房設備。

それらを無駄なく流れ作業で行える配置は、アミードの思惑通り、じゃんじゃん儲けられそうな造りとなっている。

シータや子供たち用の作業場は台が低く、大人用には少し高いという心遣いも憎いところ。

各集落からイモを運ぶ配送員も、シャンバラ全土から新しく募集し、なんとか必要数確保された。

これにより、シャンバラは、ルナシータを大陸全土へと配給出来るシステムを手に入れたのだ。

「わぁ！　すごいわねぇ」

稼働し始めた製造所を見ながら、シータが言った。

広い天井に、最新の設備。

内乱で疲弊してからのシャンバラしか知らないシータにとっては、他国の最先端の技術が珍しくて仕方ないのだ。

「そうだね。ここでいっぱいルナシータを作って、シャンバラを豊かにして、他の国のみんなにも美味しく食べてもらおうね」

「うんっ！　きっと、おイモの精霊さんも喜んでくれるね！」

シータは私を見てにっこり笑った。

アルバーダからレグラザードに帰って来て、私はシータやみんなに自分の素性を明かし、黙っていたことを謝った。

怒られるだろうと覚悟していたけど、返ってきた反応は全く違っていた。

みんなはさほど驚きもせず「やっぱりね」とさらっと返して来たのである。

未だに力を失くしたままで役に立たない私を、温かく受け入れてくれるシャンバラのみんなには感謝しかない。

あと、突如現れた救世主「おイモの精霊さん」にも、私に力が戻ることがあったなら、真っ先にお礼を言いたいと思っている。

「おイモの精霊さんの話ですか」

私とシータの後ろから、突然アミードが顔を覗かせた。

「わっ！　ア、アミードさん。びっくりするじゃないですか」

「あ、すみません。楽しそうなので、つい口を挟んでしまいました。最近シャンバラでは、精霊信仰が盛んなのですか？」

「信仰というより感謝に近いのかも。もっと身近で、親しみのある感じの」

「なるほど。アッサラームもシャンバラ同様、古来より超自然現象は信じられていませんでした。しかしながら、このシャンバラに起こった出来事を見ると、なにかしらの不思議な力があることは否定出来ません」

アミードは長々と語ったあと、畏まって私に向き直った。

「もしかするとシャンバラは、とんでもない幸運を手に入れたのかもしれない」

「と、とんでもない幸運？」

それはおイモの精霊のことだろうか？

確かに、とんでもない幸運には違いないけど、その大量発生の原因はまるでわからないのよね。

アミードはこちらを繁々と見つめたあと、やがて、なにかを思い出したように視線を逸らした。

「まぁ、それは置いといて。ルナさんとシータさん、ちょっとこれをご覧下さい」

アミードは懐から一枚の封書を取り出すと、私たちの目の前でヒラヒラと振って見せた。

「お手紙？」

覗き込みながら、シータが尋ねる。

「そうです。ルナシータを発注してくれたアッサラームの隣国、フレイヤ帝国の守備隊長からの手紙です」

フレイヤ帝国と言えば、大陸の最南端の国である。

アッサラームも熱砂の国だけど、そこから更に南のフレイヤは年中気温が高く、別名灼熱大陸と呼ばれるところだ。

そんな暑い国の人が、いったいなんの手紙を寄越して来たのだろう。

「それで、内容は？」

興味津々で尋ねると、アミードはコホンとひとつ咳をし、手紙を開いて見せた。

「新商品開発の依頼です」

「新商品？」

「ええ、しかし新商品といっても、ルナシータの味を少し変えてくれ、というものです。保存の利くルナシータは軍でも携行食糧として使えますが、フレイヤは灼熱大陸と言われるくらい暑い。だから、甘いよりは塩味があるほうがいいらしいのです」

「なるほど。暑いと体が甘味より塩味を欲しますよね」

暑いと当然ながら汗をかく。すると、体の水分が失われて塩分（ミネラル）が減る。

急激に塩分や水分が減ると、体調が悪くなる……熱中症だ。

「そうなのです。アッサラームでも時折、猛暑の中で訓練中の兵士に塩水を配ります。そうしないと倒れることがありますので」

「塩分は重要ですからね」

「ええ。それで……」

アミードは前のめりになって、私を覗き込んで来た。

その意味は「出来るか、出来ないか」を聞いているのだと思う。

「簡単ですよ。塩気があればいいんですよね？」

「え？　ああ、はい。しかし、手間がかかるのでは？」

「大丈夫です。最後の行程で塩を足せばいいだけです」

「へ。それだけ？」

アミードが珍しく変な声を出したのを聞いて、シータがくっと口を押さえて笑った。

声だけじゃなく、顔もいつもと違って間が抜けている。

私は吹き出す寸前で、ぐっとそれを呑み込んだ。

「……っ、はい。それだけです」

要するに「塩芋けんぴ」にすればいい。

最後に絡める砂糖の中に塩を少し加えるだけで、甘じょっぱいルナシータの出来上がり、である。

「そうですか。そんなに簡単に……では、暑い国用に大量生産も可能ですね」

「暑い国用でなくても、たぶん需要はあると思いますよ？　作る前から言うのもなんですけど、クセになる味に仕上がりそうな予感がします！」

イモの極上の甘さを引き立たせる少しの塩味。

これは、スタンダードなルナシータと並び立つ商品になるに違いない。

私が意気込んで言うと、アミードは目を輝かせた。

お金の匂いがしたから、だと思う。

「おお！　自信がおありのようだ！　ではすぐにでもお願いします。塩が足りなければアッサラームや他国へ発注しますから、入り用があれば言って下さい」

「はい。じゃあシータ、早速厨房へ行きましょう。少量で作ってみて味を調整しないとね」

自信があるとはいえ、やはり試作は必要である。

塩は多くても少なくてもダメ。砂糖と塩のバランス、これが重要になってくるはずだ。

「はぁい。シータはお塩を入れる係をやりまーす」

大きく手を挙げたシータが厨房へと走るのを見て、私も急いで追いかけた。

「頑張って下さいねー」と、呑気なアミードの声を背中で聞きながら。

半日の試行錯誤のあと。

ルナシータ塩バージョンは完成した。

名前は、そのままズバリ『塩ルナシータ』。

長い名前にすると、受発注する際の記載が面倒臭い、という現実的なアミードの意見からだった。

仕事の終わったカイエンとシスルも厨房にやって来て、出来たばかりの塩ルナシータをみんなで試食した。

「うん。これはいけるな」

よっぽど気に入ったのか、はたまた空腹だったのか。カイエンは、次から次へと口に運び、順調に試作品の数を減らしている。

側にいたシータが、若干引いていることにも気付かないほどだ。

シスルは慎重に口内で咀嚼し、アミードは匂いを嗅いだりしながら恐る恐る口に入れている。

そして、ゴクンと飲み込むと一瞬で顔を綻ばせた。

「いいですね！　これなら甘いものが苦手な人も食べられます」

と、シスル。

「なんと、絶妙な！　甘いのにしょっぱい、それなのに味がケンカしないなんて」

アミードは、ルナシータと塩ルナシータ、二本を摘まむとうーんと唸った。

こちらの世界では、甘いものはとことん甘く、塩辛いものはとことん塩辛いものが多い。

そもそも、甘いものを塩辛くしようなんて発想がないので、アミードの驚愕も当たり前なのだ。

「なかなかうまく出来たでしょう？　これなら、フレイヤの守備隊長さんも気に入ってくれるはずです」

「ええ！　間違いないでしょう。ルナさん、いや、聖女様の博識さには頭が下がります」

アミードは大絶賛した。

だけど、その言葉には誤りがある。

「元聖女ですよ？　なんの力もない一般人です」

ちょっとイモと土地と作物に詳しいだけの普通の人。

精霊の力がなければ私の価値なんてないに等しい。

「そんなことはない！　ルナにはすごい力がある！」

「ルナねぇさまはおイモの精霊に愛されているのよっ」

「なぜ、そんな謙遜を⁉」

カイエン、シータ、シスル……三人が食い気味に叫んだので、私とアミードはビクッと震えた。

なにもそんなに必死にならなくてもよくない？

嬉しいけど、ね。

「あ、ありがとう。評価されて嬉しい、です」

そう言うと、叫んだ三人は満足して微笑んだ。

優しいその表情に、私は心の中でもう一度お礼を言う。

シャンバラのためになにかをしたい、と思ってここにやって来たけれど、力を失った私に本当に出来ることがあるのかと、弱気になったりもした。

そんな私を家族と言ってくれて、受け入れてくれて。

本当にありがとう。

「では、明日から量産を始めましょう。忙しくなりますよ！　受注はどんどん増えていますから、馬車馬のように働いて下さい」

無表情のアミードの、鬼畜な檄が飛ぶ。

忙しいのはいいけど、馬車馬のように働くのは嫌だわ。

案の定、全員が眉間に皺を寄せ嫌そうな顔をすると、アミードは、してやったりという表情を浮かべた。

ルナシータと塩ルナシータ。

ふたつの商品は、大陸で驚くべき反響を呼び、バカに超がつくほど売れた。

従来のルナシータは主に北国で好まれ、塩ルナシータは南国の受けがよい。

作ったそばからなくなっていくほどの売れっぷりで、とうとう需要が供給を超えた。

それに対応するため、製造所を増設することになり、シャンバラ王宮一階は全て工場になった。

あとの問題は、従業員の増員である。今のままでは、圧倒的に人手が足りない。

そこで、大々的に募集をかけると、シャンバラ全土から続々と志願者が集まった。

結果的に募集人数を上回る状況になり、増員問題はあっさりと解決したのである。

ルナシータが売れたおかげで、王都レグラザードには、人が集まり活気に溢れた。

シスルに言わせれば、内乱前の全盛期、大シャンバラ国を彷彿とさせる様相らしい。

しかし、そんな時ほど問題が持ち上がるもの。

シャンバラでは、大干ばつよりこの方、雨は一度も降っていない。

そのせいで、徐々に水不足が深刻化してきていた。

レグラザード内に流れる川の水位も、最初に見た時より随分下がってしまっている。

他の集落からも、水位低下の報告が続々と上がり、由々しき事態となっていた。

カイエンやシスルはシャンバラ国内を駆けずり回り、川や池、井戸の調査に忙しく、王宮にいない日が増えている。

そんな中、王宮製造所も水の使用量を抑えるため、稼働率を下げなければならなかった。

「こんな時に私の力が使えればいいのに！　もう、本当に役立たずなんだから！」

王宮の温室でひとり、私は叫んだ。

シャンバラの人たちはみんな優しい。

だから、表だって言わないけど、もしかしたらこう考えているかもしれない。

「聖女が力を使えたら、雨なんてすぐに降らせることが出来るのでは？」と。

大好きなみんなの願いに応えたい、でも、応えられない。

こんなに自分が無力だと感じたのは初めてだった。

「そんなに自分を責めんなよ。俺様も悲しくなってくるぜ……」

ディアーハがふわりと背後に降り立った。

「ごめん」

「いや、お前の気持ちもわかるからな。だが……悩むことはないかもしれねぇぞ？」

「え？」

私の周りをゆっくりと徘徊し出したディアーハは、クンクンと鼻を鳴らすと上を向いた。

「なに？　なにかあるの？」

「………………」

ディアーハは黙って上を向いたまま、なにかを探している。私も同じ方向に目をやった。だけど、どんなに目を凝らしても彼の見ているところにはなにもない。

「ねぇ、ディアーハ？　いったいどうしたのよ」

少し怖くなり囁くように尋ねると、突如ディアーハが伏せる。

そして、キチンと姿勢を正すと、私の背後を凝視した。

振り向くべきだろうか。ディアーハの見つめる先には、本当になにかがいるのだろうか。

躊躇っていると、可愛らしい声の誰かが、とても偉そうに私を呼んだ。

「これ娘。妾に尻を向けるとはいい度胸じゃな」

ババ臭く変わった喋り方。

特徴のあるその声は、つい最近聞いたことがあるもの。

私はすぐに振り返った。

「あ！　あなた。キドニー集落の、亡霊！」

「誰が亡霊じゃ！　そんなものと思われておったとはな。全く、お主、まがりなりにも聖女であろう？　聖女が見るものと言えばあれしかなかろうが－！」

薄紫のドレスの少女は、憤慨してキャンキャン吠えた。

しかし、話し方がババ臭いせいで、面白おかしい腹話術に見えてくる。

込み上げる笑いを堪えながら、私は少女の言葉の意味を考えた。

亡霊ではなく、聖女であれば見えるもの。イモ畑に現れたと思えば、突然消えるイリュージョン。

薄紫のドレス、薄紫の瞳。

「も、もしかして」

「うっかりな聖女も、さすがにもう気付いたようじゃな？　そう妾が……」

「おイモの精霊さんっ⁉」

力強く叫ぶと、少女は目を見開いた。

しかしその様子は、当てられて驚いたというよりも「なにを言ってるんだ、お前」という表情である。

「あ、あれ？　違いましたか？」

「いや、うん。ええと、だな。聖女よ、おイモの精霊というのは、元々存在しない。イモは緑と豊穣の精霊の管轄じゃ」

「では、あなたが緑と豊穣の精霊？」

紫の服を着ているから、てっきりおイモの精霊だと思ったじゃない。

それに、緑と豊穣の精霊なんて初めて聞いた。

ロランでは、水の精霊、火の精霊、風の精霊というポピュラーな精霊としか話したことがなかったから。

「違う。妾は精霊ではないぞえ?」

少女は楽しそうに首を振ったけど、私はまた混乱した。

そして、キドニー集落でも、混乱させられたことを思い出しイラッとした。

精霊ではない?

確かに、姿がはっきり見えるから精霊ではないと思ったけど、じゃあいったいなんなのだろう。

「まぁ、仕方なかろうな。妾も降臨するのは久しぶりなのじゃ。特別に名乗ってやろう」

「こ、降臨……?」

「ふふふ。妾の名は地母神(じぼしん)ガラティア。大地と豊穣を司る神じゃぞ?」

「じ、地母神って……精霊とどこが違うのですか?」

私がポカンとして問いかけると、隣に座したディアーハがヒイッと叫ぶ。

そして、問いかけられた少女、いや地母神ガラティアはプルプルと震え始めた。

「お、お主……考えればわかろうが。精霊と神じゃぞ? 神のほうが偉いじゃろ? そうじゃろ? なぁ、聖獣よ!」

「は、はい! 地母神様のおっしゃる通りだ! 面目ない! うちの聖女ときたら、ぼんやりでうっかりで、その上力を失くしていて……」

ディアーハは慌てて言い訳をする。

聖獣がここまで恐れるのだから、地母神というのはとんでもなく力があるのに違いない。

だけど、神霊や精霊の序列なんて知らない。誰も教えてくれなかったもん。

私の考えをよそに、ガラティアはポンっと手を打ってなにやら納得していた。

「おお、そうであったよな。しかし、それは失くすというより、邪魔されたが正しかろう？」

「えっ？　じ、邪魔？　邪魔ってどういうことでしょう？」

私はガラティアに詰め寄った。

「ああ、実はの。ロランにいた精霊たちが妾に相談に来たのじゃよ。なにやら国全体に薄いヴェールのようなものが懸かってしまい、ロランから弾き出されてしまう、とな」

「ヴェールが精霊たちの邪魔をしていた、と？　そうか、だから、なにも聞こえなくなったのね。え、いや、でも……」

それならどうして、ロランを出ても精霊と話すことが出来なかったのか。

私の表情を見て、ガラティアはなにもかもを理解したように言った。

「お主の疑問はわかるぞえ。なぜロランを出ても精霊と話せなかったのか。それはな、ここシャンバラでは信仰がなかったからじゃ」

「信仰……ですか？」

「そうじゃ。精霊、神等の類いをシャンバラの民は信じぬ。信仰のないところに妾たちは存在出来ぬのだ」

「あ……」

言葉が漏れたのは、思い当たることがあったから。

シャンバラのみんなは無神論者だった。

だけど、シータがおイモの精霊にお願いしたのをきっかけに、思想はどんどん広がって……。

「妾たちの力が届かぬこの土地から、初めて小さな祈りが届いた。だから、ほんの少し、妾は力を貸した」

「それが、イモの苗ですか？」

ガラティアは頷いた。

「イモは民の祈りで実り、妾たちを信じる心で成長する。そして、今、シャンバラ全土へと広がり各国へ普及した。その功績により、精霊より上位種である妾、地母神ガラティアが、聖女に力を貸そうと降臨したのじゃ！　わかったか？　うっかり聖女め」

うっかりは余計です。

だけどこれで、シャンバラは助かるかもしれない。

「あの、地母神ガラティア！　今シャンバラは深刻な水不足に陥っています！　どうか、雨をお願いします！」

「よいぞ」

私の力いっぱいの懇願に、ガラティアはあっさりと返してきた。例えるなら「消しゴム貸して?」「いいよ」くらいの軽さ。

あまりにあっさりしすぎて、拍子抜けしてしまった。

「ふふふ。妾の力をもってすれば、チョチョイのチョイじゃ。ほれ、聖女よ。ともに上空へ来い」

「へ?　わ、私も?」

「当然じゃっ！　お主、言い出しっぺであろうが！」

ガラティアはプンスカ怒った。

言い出しっぺって、地母神がまるで子供みたいに。あ、でも、姿も子供だから違和感はないけどね。

「わかりました！　ガラティア様！　お供いたします！」

「うむっ！　くるしゅうない、付いてまいれ」

そう言うと、ガラティアはふわりと浮いてスッと消えた。

一足先に温室を出たのだろうと、私も急いで温室から出る。

そして、ディアーハの背に乗って上昇した。

上空へ舞い上がると、燦々と太陽が輝いていた。

肌を焼くような日差しの中では、雨の降る気配なんてまるで感じられない。

私とディアーハは、王宮最上階のバルコニーに腰かけるガラティアの元へと急いだ。

「下を見よ。観客がおるぞ？」

ガラティアは足をブラブラさせながら、下を指差した。

そこには王宮製造所に設けられた中庭があり、ちょうどシータや子供たち、従業員たちがいた。

みんな製造所が止められて仕事がなく、中庭に集まっていたらしい。

「よいぞよいぞ。妾、俄然やる気が出てきたわ」

「やる気って……豪雨はやめて下さいよ。違う災害が来てしまいますからっ！」

すると、ガラティアはぷうっと頬を膨らませた。

「わかっておるわ！　地母神が災害など起こすものか！　それ、いくぞ聖女。しっかり見ておれ」

「は、はいっ」

ガラティアは立ち上がって宙に浮き、なにやらぶつぶつと文言を唱えた。

すると、その直後、驚くべきことが起こった。

照りつけていた太陽を徐々に灰色の雲が隠して行く。

下にいたみんなは、突然光が遮られたことに驚き空を仰いだ。

その先にいたのは私。

「あっ！」と叫んだシータは、指を差してからこちらに手を振ったけど、すぐに太陽の様子がおかしいことに気付いて驚愕の表情を浮かべた。

ほどなく、灰色の雲はどんどん増え、天はどんよりとした空模様になる。

空気が湿っぽくなり、低く雷鳴が聞こえてくると、やがて雨粒が落ちてきた。

「えっ？　あ、雨？」

「冷たい……」

「う、そ……本当に？」

下でたくさんの小さな叫びが聞こえる。

それは、待ちに待った恵みの雨を喜ぶ叫びだ。

ガラティアは、ディアーハの首元に降り立ち、ストンと私の前に座った。

「聖獣よ、旋回しろ。そして、聖女は大きく手を振るのじゃ！」

「手を？　わ、わかりました」

言われるままに、ディアーハは上空を旋回し、私はブンブンと手を振る。

そのことになんの意味があるのかわからなかった。

でも、下のほうからシータの声が聞こえてきて漸く、ガラティアの思惑を知ることが出来た。

「ルナねぇさまよっ！　ルナねぇさまの力が戻ったのだわ！　ありがとう、聖女様！　精霊さんも力を貸してくれてありがとうっ！」

「おお！　ルナさんの所業か！」

「ルナ様万歳！　精霊万歳！」

シータの叫びをきっかけに、中庭では口々に、聖女と精霊を讃える声が聞こえる。

……なるほど、そうか。

ガラティアは、こうしてシャンバラでの信仰心を、もっと深めようとしたのだ。

「くくく。誉めよ、讃えよ！　崇め奉るがよーい！」

なんだか、新興宗教の教祖が信者を増やそうとしているみたい。なんて考えたとは言わないし、言えない。

讃えられ、崇められることで強大になるのなら、その力でシャンバラを守ってもらえるからだ。

「それでは、どんどんいくぞぇ！　そーれそーれぇ！」

ガラティアは指先をくるんと回した。

すると、しとしとと降っていた雨がざぁざぁ降りになり、ひび割れのあった大地へと染み込むと、そこから新しい大地が隆起した。新しい大地は乾いた大地を呑み込み、肥沃した土から緑の植物が頭を出す。

草や木が。

花や実が。

シャンバラの死んでいた大地は、ほんの数秒で鮮やかに甦ったのである。

「すごい……」

私は思わず呟いた。

中庭でも、シータたちが狂喜乱舞の大騒ぎだ。

「ふふん。それほどでもないが。そら、もっと上へ行くぞえ。シャンバラ全土を眺められる場所までな」

その指示に、ディアーハは上昇し、雨雲ギリギリのところまで移動した。

もう中庭は彼方(かなた)にあり、シータたちは豆粒ほどにしか見えない。

あまりの高さにクラクラしながら、私は遠くに目をやった。

「緑が！　あんなに干からびていた茶色の大地が、緑色に……」

キドニー方面やアルバーダ方面も鮮やかな緑。街道沿いは植物で溢れ、乾いた水路に滔々(とうとう)と水が流れている。

私が初めて見たシャンバラとは全くの別物、まるで違う世界に迷い込んだようだ。

「どうじゃ！　妾すごいじゃろ？　な？　すごいじゃろ！」

くるりと振り向き、ガラティアは瞳をキラキラさせた。

「すごいです！　さすが大地と豊穣の神ですね！」

「うむうむ！　誉め言葉なら、絶賛受付中ぞ？　しかし、文句は受け付けん！　断固拒否じゃ！」

うわぁ、地母神って面倒臭い。

だけど、ここまでの力を披露されると、その面倒臭さも許したくなる。

四大精霊（火風水土）は、大自然の法則に従って手助けする程度のものだった。

しかし、地母神は法則をまるで無視している。

なにもかもデタラメ。いや、規格外だ。

「おや？　遠くから土煙が」

ガラティアは額に手を翳し、彼方を見下ろした。その先には、なにかが集団になり、やって来る様子が見える。

黒装束の騎馬隊……間違いなくカイエンの部隊だ。調査中に雨が降り、大地から樹木が湧き出たのだから、きっと驚いたはずだ。

「シャンバラの王、カイエン様が調査から帰って来たのですよ」

「カイエン？　おお、あの時イモ畑におった奴じゃな」

「はい。とても、有能で民思いの王様ですよ！」

そう言うと、私はディアーハに急降下を指示した。

一刻も早くこの感動をカイエンと分かち合いたい。

逸る心を抑えられず、私は空から叫んだ。

「カイエン様ー！」

すると、頭上を見たカイエンが馬を止め、後続隊も次々と停止した。

「ルナ⁉ なんでここに⁉」

驚くカイエンの前に降り立った私は、出来たばかりの大地の匂いを全身で感じた。

深い新緑の濃い薫(かお)りと、湿った水分の蒸発していく匂い。

天地創造後の世界とは、こうであったのかもしれないと、ひたすら感動が溢れた。

「大地を見ましたか⁉ 地母神ガラティアが、大地を甦らせてくれたんです！」

「地母神ガラティア……？」

カイエンは目を凝らして辺りを見た。でも、私の前に座っているガラティアを目視出来ないようだ。

キドニーのイモ畑でも、カイエンにはガラティアが見えてなかった。

やはり、聖女にしか見えないのだ。

「ええと、精霊を超える存在の地母神ガラティア様が、シャンバラの民の信仰心を喜んで、力を貸してくれたんです！」

「そうか！　この奇跡は地母神の仕業……ということは、ルナ。お前の力は戻ったのだな？」

「戻った、というか……」

私は言い淀んだ。

そこには少し複雑な事情があるけど、今はそんなこと話している場合じゃない。

ただこの喜びを、心の限り堪能したかった。

「カイエン様！　どこもお祭り状態だと思いますが、王宮もですよ？　帰ったら今日は宴会ですねっ！」

「ああ！　無礼講だ！　飲んで騒いで、地母神ガラティアと聖女ルナを讃えよう！」

カイエンの言葉を聞いて、ガラティアの肩がピクンと震えた。

ああ、嬉しいのね？　本当にわかりやすいわ。

「おお。妾を讃える宴が始まるか！　よいぞよいぞ？　賑やかなのは大好きじゃ！」

「ふふっ。カイエン様？　ガラティア様は大層お喜びですよ？　賑やかなのはお好きなようです」

私がガラティアの言葉を伝えると、カイエンは馬から降りた。後ろのシスルや、部隊の人たちもそれに倣(なら)い、一同は片膝を突く。

何事？　と、驚いていると、朗々とした声でカイエンが言った。

「大いなる地母神ガラティアと聖女ルナ。我がシャンバラをお救い下さり、感謝します！」

恭しく頭を下げるカイエン。

その背後でも、一糸乱れぬ所作で、全員が頭（こうべ）を垂れる。

「わわわ、そ、そんなことをされては困りますー」

「なぜじゃ？　妾は気分がいいぞえ」

恐れ多くて畏まる私の前で、満面の笑みのガラティアはふんぞり返った。

更なる信仰を得た地母神は、力が増して神々しさも三倍増しである。

「さぁ、皆！　レグラザードへと帰還する！　宴の準備をしないとな！」

カイエンは、優しい目で私を見ながら立ち上がり、また馬に乗る。

そして、私とガラティアもディアーハに乗って上空へと舞い上がった。

歓喜に沸くシャンバラでは、暫くお祭り騒ぎが続いた。

潤った大地のおかげで、シャンバラの水、食糧不足はほぼ解消され、枯れていた開墾地では、イモの他にも作物が徐々に芽を出している。

一般的に、肥えた土地にイモは適さない。

だけど、地母神の加護かどうなのか、どの集落でもイモは一定数収穫が出来ている。

それにより、シャンバラ名物になりつつあるルナシータの製造も、滞りなさそうで一安心だ。

再稼働を始めた製造所では、各国へと運ばれるルナシータが毎日大量生産されている。

フレイヤ帝国に頼まれた『塩ルナシータ』も大好評。

暑い国のみならず、他の国からの受注も徐々に増えている。

受注は日を追う毎に増え、シャンバラは一躍、大陸でも一、二を争う豊かな国になっていた。

人々はこの一連の出来事を『シャンバラの奇跡』と呼び、それは世界へと伝わった。

滅亡寸前のシャンバラにやって来た、ひとりの聖女の救国の話は、各国で少しずつ脚色されながら噂されている……らしい。

ある国では王と聖女のラブロマンスが囁かれ、またある国では聖女の心躍る冒険活劇が追加され……。

そんなとんでもない噂に青ざめていた私の元に、忘れていた問題が再浮上したのは、一ヶ月が経った頃。

ルナシータ製造所で作業中だった私は、その件で突然王の部屋に呼ばれたのだ。

「来るぞ」

そう言って、カイエンは手紙を渡してきた。

封蝋には見覚えのある紋章、それは懐かしいロランのものである。

「中を見てもいいですか？」

「ああ」

了解を得て、恐る恐る封書を開けた。

するとそこには、一週間後に王子ラシッドがやって来るという文言がある。

カイエンが言った言葉の意味を知り、血の気が引いた。

「なにをしに来るのでしょうか……」

そんなことはわかりきっていたけど、不安のあまり思わず呟いてしまっていた。

国境付近でロラン兵士と揉めた時、彼らの捨て台詞からも推測できる。

ロランは、聖女を取り戻すことを諦めていない。

「シャンバラの奇跡」を聞いたなら、私に力が戻ったのを知っているはず。そうなれば、またなにか手を打ってくるのもわかっていた。

「手紙には書いていないが、連れ戻しに、だろうな」

カイエンは、私を近くの椅子に座らせると手ずからお茶を淹れてくれた。

冷たくなった手で温かいカップを握り締めると、息を整え一口飲む。

それを見てカイエンが言った。

「今度は正式な手順を踏んで乗り込んで来る気だろうが、なにも心配はいらない。お前はオレの隣で堂々と座っていればいい」

「大丈夫でしょうか。私のせいでロランと揉めるなんて、申し訳ないです」

「そんなことにはならないと思う。シャンバラ王妃であるルナを、無理矢理連れ戻すのは諸外国の反感を買う。ロランもそれは望まないだろう」

「王妃……でも、偽者ですよ？」

あれは、ロランを牽制するために放った嘘であって、実際に私は王妃ではない。

王宮内でも関係は前と変わらず、はっきり言って、そんな甘い雰囲気は全くないのである。

「偽者じゃない。本物の王妃だぞ？」

「は？　えっ？　ん？　あれは、私を守るための嘘では？」

「嘘じゃない！」

カイエンはきっぱり真顔で言い切った。

あれ？　どういうこと？　高度な策略じゃなくて、本当の婚姻だったの⁉

「それでいいのですか⁉　カイエン様はあの場の勢いで、私みたいなオバ……年上の女を嫁にもらっていいのですか⁉」

私は叫んだ。危うく自分でオバサンと言いかけて少し悲しくなったけど、それよりも驚きが強かった。

「勢いじゃない！　オレはルナのことを好ましいと思うし、王妃として最適だと考えている」

「……聖女だからですか？」

「いや。聖女だと知る前から計画はあったな」

計画って、なんの⁉　私は心の中でツッコミを入れた。

飄々と喋るカイエンにイライラし、意味のわからないことを言われてモヤモヤする。

「だから心配しなくていい。ラピッドだかラビットだか知らないが、そいつにルナは渡さない。家族を渡すことなど出来ないだろ？」

「カイエン様……」

一転して微笑むカイエンに、私の胸は不思議と安心感で満たされた。

そ、そうだよね、きっと私の存在って、家族の延長線上にあるもので、愛だの恋だのと桃色な関係じゃない。

王妃だとしても姉的なポジションで、大した意味はないかもしれない。

王様なんて妃を何人も持てるし、その中のひとりが姉ポジだったとしても、なにも問題はない……のかな？

「さて、そうと決まればルナの衣装を仕立てなければな。今の服も似合っているが、王妃の威厳を出すならばそれなりのものを用意しなくては」

悶々と考えを巡らせる私をよそに、カイエンは粛々と話を進めていく。

新しく衣装を仕立てるって言ったけど、高価な服を着ても私に威厳なんか少しも生まれないと思う。

ロランの聖女の衣装なんて「動きにくいなぁ」と文句を溜めつつ五年耐えた。

それに比べて、シャンバラの村娘の服は動きやすくて、肌馴染みがいい。

村娘サイコー！　村娘バンザーイ！　と叫びたいくらいである。

と言うわけで、衣装なんて結構ですと反論しようとした私を、カイエンが自信なさげに覗き込んだ。

「思えば、シャンバラはルナに救われたようなものなのに、なんのお礼も出来てないだろ？」

「いえ、お礼なんて」

口を挟もうとする私をカイエンは制した。

「しかし、だ。お礼をしようにも、オレはお前が喜ぶものがわからない。せめて新しい衣装でもと考えたんだが、間違っていただろうか？」

「そっ!?　そ、そんなことは、ないです……」

カイエンの目はすがる子犬のようにうるうるしていた。

いつも自信たっぷりな王の、違う一面を見てしまった私は、かなり狼狽えて咄嗟に反論を忘れてしまっていた。

そして、まぁいいか……なんて、思ってしまっている。

「あの、本当に私、お礼をしてもらうようなこと、してないのです。でもカイエン様が、せっかくそこまで考えてくれたのなら、お言葉に甘えて……」

「うん！　そうしてくれ！」

突如晴れやかになるカイエンの表情に、私は胸を撫で下ろした。

あのまま、涙目の子犬を続けられると、思わず頭を撫でてしまったかもしれない。

国王様にそんなことしたら、失礼だよね。

「そうだ！　今レグラザードの町に商隊が来ていて、珍しい布をたくさん売っているらしいぞ？　一緒に行ってみないか？」

「えっ？　今から……ふたりで、ですか？」

「……嫌なのか？」

「いっ⁉　いいえ！　とんでもない、行きましょう、今すぐ！」

カイエンの目が一瞬潤んだのを見逃さず、私は急いで言った。

私とカイエンは、その足で城下町に繰り出した。

時は夕刻、オレンジ色の光が町並みに降り注ぎ、夕飯の買い物をする人や、商売をする人で活気に溢れている。

シャンバラの奇跡後のレグラザードは、連日、各国の商隊で賑わっており、深夜まで賑やかだ。

閉店していた雑貨店や飲食店も復活した。

干ばつのせいで、他国に逃れていた人もたくさん帰って来て、久しぶりに親族に会えた人も多い。

きっと、アルバーダのハシムの元にも家族が帰って来ているはず。それを思うと、自然と頬が緩んだ。

「さっきまで浮かない顔をしていたと思ったのに、今は機嫌がいいな？　どうしたのだ？」

隣を歩くカイエンが覗き込んで来た。

「みんなが家族に会えて、普通の生活に戻れてよかったなって」

「お前のおかげだ」

「え？　違いますよ？　シャンバラの人たちは元々我慢強くて逞しいし、奇跡を起こしたのはガラティア様です。私のやったことなんて、強いてあげるなら、イモを植えるのを勧めたくらいです」

「それが始まりだったじゃないか？　キドニーでお前と出会い、イモを勧められなかったら、このシャンバラの復興はない！」

自信満々で言い切るカイエンの笑顔に、私は恥ずかしくて俯いた。

肯定されるのはとても嬉しいけど、誉められ慣れてないので落ち着かない。

それに、きっかけはそうだとしても、やっぱり自分は少し手助けしただけだと思うのだ。

「おっ！　カイエン様、ルナさんと買い物かい？」

道行く私たちに雑貨屋の主人から声がかかった。

彼は初期、ルナシータ製造の手伝いに来てくれていたけど、奇跡後、また雑貨屋を再開した。

大通りの露店には、そうした店が多く、顔馴染みの人ばかりなのである。

「ああ。ルナの新しい衣装を仕立てようと思ってな」

「そうかい！　生地なら広場にいる商隊のものがいいよ。どれも異国の高級素材でね。いいのがあると思うよ？」

「ありがとう！　今から行こうと思っていたところだ！　じゃあルナ、急ごうか」

「え？　あ、はいっ」

言うや否や、カイエンは私の手をぐいぐい引いて小走りになった。

その様子を見て、雑貨屋の主人は目を細め、慌てて私は頭を下げた。

大通りを抜けた広場には、白いテントが所狭しと並んでいた。

元々店舗を構えない商隊は、他国でもこうして商売をするらしく、異国の様々なものがテント中に並んでいる。

どれもこれも珍しいものばかりで、私はキョロキョロと目を泳がせた。

「さてと。生地は……あ、あそこにあるぞ！」

カイエンの指すほうには、色鮮やかな生地がたくさん掛けられたテントがある。

はっきりとした発色のものから、淡い色のものまで多種多様。柄もいろいろある。

私とカイエンは店の前で物色した。

「わぁ、鮮やかですねぇ」

「すごい量だな。好みを探すのも大変そうだ」

「はい。なにかアドバイス……助言が欲しいところですねー」

すると、誰かがスッと目の前に立った。

それは「待っていました！」とばかりのタイミングのよさである。

「いらっしゃい！　お見立てしましょうか？　美しいお嬢さん」

声をかけてきたのは異国の商人で、洋風と和風が混じり合った不思議な衣装を着ていた。

「珍しい衣装ですね？　どちらの国の方ですか？」

「ヤマトマですよ」

「ヤマトマ……あ、確か北のほうの。やっぱり国や気候によって、民族衣装も変わってくるんですね」

「ええ。北の国は肌寒いので、生地は少し厚く作られています。しかし、通気性がよくシャンバラでも快適に着てもらえると思いますよ？　どうぞ、触ってみて下さい」

商人は生地のひとつを広げて差し出した。

言われるままに生地を撫でると、えもいわれぬ滑らかさに驚かされた。

これは、着心地もいいに違いない！

「なかなかよさそうだな。発色も問題ないし、丈夫な上に軽やかで。これに決めるか？」

カイエンもヤマトマの生地が気に入ったようなので、私はすぐさま頷いた。

それから、ヤマトマの商人に生地を頼み、王宮に届けてもらう手筈（てはず）を整えると、私たちは町の端まで移動した。

せっかく外に来たのだから、もう少し散策しようとカイエンが提案したからだ。

レグラザードの町の端には高台がある。そこからは城下が一望でき、眺めが最高だとみんなが話していた。

だけど、空にはもう月と星が見える時刻。

どんなに目を凝らしても、闇の中に浮かぶ灯りしか見ることは出来ない。

「あの、カイエン様？」

「ん？」

「星が、綺麗ですね……」

唐突に言ったのは、手持ち無沙汰で困っていたからだ。

確かに月も星も美しいけど、暗すぎて隣のカイエンも見えないくらいなのだ。

「そうだな。星が綺麗だ。おっと、もうそろそろ始まるぞ」

「なにがですか？」

問い返した直後、ドォンと大きな音がした。

「うぇっ⁉　大砲ですか⁉　戦争ですか⁉　なんなんですかー⁉」

「上を見ろ」

「へ？　……あっ！」

恐る恐る見上げると、夜空から光が落ちてくる。

光がゆらゆらと落ちて消えると、また大きな音が響き、暗闇に美しい大輪の花が咲いたのだ。

「こ、これは」

もしや、花火では？　でも、この世界に花火があるなんて聞いたことがない。

言葉を失う私に、カイエンの軽快な声が聞こえた。

「ヤマトマ国の隣にスーリヤという国がある。そこでは、こうして火薬に色を付け、詰めて打ち上げる風習があるらしい」

「花火、あったんですね。この世界に……」

「お前のいたところでは、ハナビ、というのか？」

「はい。でも、どうしてシャンバラで花火が打ち上がったのですか？」

スーリヤから贈られたのかな？　ルナシータ発注名簿に「スーリヤ」の名前もあったから、その関係で？

いくら考えてもわからないので、諦めてカイエンの言葉を待っていたけど、なかなか返答はない。

改めて問おうとした瞬間、カイエンはやっと口を開いた。

「皆で一生懸命考えたんだ。シスルやアミード、シータやイズール、王宮の者やレグラザードの民たちにも聞いたりして」

「はぁ……いったいなにを？」

「ルナへの感謝の気持ちをどう表すべきかを。お前はなにも欲しがらないだろ？　今日だってオレが無理に言わなければ、衣装を仕立てようとは思わなかったはずだ」

「ええ、まぁ。だって、褒美をもらうようなことしていませんから」

何度も言うように、私は大したことはしていない。

シャンバラの人たちに、どうしてそこまで感謝されるのかも正直わからないくらいなのだ。

「だからだよ。欲しがらないルナにどうしたら感謝を伝えられるか、物ではないなにかで。と、考えたら……」

「それで、花火を？」

そう呟くと、再び大地を震わす大音響が。

赤い大きな花が咲き、散り際に青い小花が煌めいて流れて落ちる。

そのなんと美しいことか。私は夜空を眺めたまま目が離せなくなった。

「シャンバラからルナへ。愛と感謝を込めて、光の花束を」

「あ、ありがとう……ございます。すごく嬉しいです」

花火に照らされたカイエンの笑顔を見て、私は今日の彼の行動を理解した。

最初から、ここに連れてくるために町へと誘ったのは、生地を見に行こうと言ったのは、自然に城下へと連れ出すため。

思えば、今日は朝からシータも様子がおかしかった。なんだかそわそわしたり、ニヤニヤしたり。

それが、このサプライズプレゼントの件だとすると、全て納得がいく。

「本当に……綺麗です」

シャンバラの花火は、みんなの心のように温かくて強くて美しい。

夜でよかった。辺りが暗くてよかった。

もし明るかったなら、私の涙でぐしゃぐしゃの顔が、カイエンに見られてしまっていたから。

大国の翳り（ラシッド）

――魔鉱石。

それは、紫色の美しい石で、光の加減で虹色にも見える、とても貴重な鉱石である。

神秘なる魔鉱石は、時空を隔てた世界から『聖女』を呼ぶ触媒として古来より用いられてきた。

世界でも限られた鉱山でしか採れない魔鉱石だったが、わが国ロランにはその鉱脈があり、湧き出るように採掘出来た。

豊富な魔鉱石で聖女を呼び出し、国を更に豊かにする。この二重の祝福で、ロランは他に類を見ない大国となっていた。

その大国ロランの大神殿では、聖女召喚の準備が進められている。

朱で魔法陣を描き、中央に魔鉱石を置く。魔法陣の周りを五人の神官たちが囲み、呪文を唱えると聖女がやって来るという仕組みだ。

私もロランの後継として、前回の儀式に参加した。

その時召喚されたのがルナ。変な服を着た地味な女であったと記憶している。聖女といえば美少女だと思い込んでいた私は、当時とても残念に思ったものだが、彼女の力は古い文献で見た、どの聖女よりも強大だった。精霊は気まぐれで、聖女の祈りで力を貸してくれるが、気が向かないとなにもしないこともある。しかし、ルナのお願いだけはなんでも聞いた。彼女は特別精霊に好かれる性質を持っていたのだ。

それゆえに、私はルナの機嫌を取った。怒らせたら大変なことになる、と思ったからだ。

ルナが突然精霊と話せなくなり、父上に追い出された時は、正直ほくそ笑んでいた。

これで新しい聖女を召喚出来る。きっと若く、私好みの聖女がやって来るはずだ。

そう意気込んで準備をしていたのだが、思いがけない問題が持ち上がり儀式は滞ってしまっていた。

「おい！　まだ魔鉱石は届かないのか？　いったい何日かけるつもりだ!?」

傍らに控える神官めがけ、私は文句を言った。

ルナをロランから追い出して三日目。一日のほとんどを、ここで魔鉱石の到着を待ちながら過ごしているが、神官の言葉はいつも同じだ。

「申し訳ありません、殿下。土の精霊が消えてしまいまして、作業が難航しております」

「お前たちはそればかりだな！　土の精霊がいないなら適当に掘ってみればいいではないか！どこにでも埋まっているだろう」

神官は頭を下げた。

「はぁ……しかし、手当たり次第掘ったところで、魔鉱石が出るとは限りませんし」

そう、これの繰り返しだ。

ロランでは、あらゆる場面で精霊が手助けしてくれている。魔鉱石を採掘する鉱山では「土の精霊」が石のある場所を教えてくれるらしい。話によると、魔鉱石の埋まっている場所が光り、そこを掘ると上質な魔鉱石が見つかるのだとか。

しかし、ルナが力を失くしてからロランでは精霊の気配が消えた。鉱山でも土の精霊が消え、採掘量が激減したのである。

「忌ま忌ましい。全てはルナのせいだな！」

憤慨して言うと、神官は目を逸らした。

大神殿の神官たちの中には、ルナを追い出したことに不信感を持つ者もいる。「なにもあそこまでする必要はなかったのでは？」と、擁護する声も私の耳に届いていた。聖女を追い出して、そのあと、災厄が起こりはしないかと恐れたのだろう。

まぁ、気持ちもわかるが、魔鉱石で新しい聖女を呼べば、そんな問題はすぐ解決するのだ。

「ラシッド殿下！　魔鉱石を運んでまいりました」

大神殿へと駆け込んで来たのは、私の最も信頼する大隊長リーブル。

彼には部隊を率い鉱山に赴くようにと指令を出していた。もちろん、魔鉱石調達のためだ。

「おお！　でかしたリーブル！　今すぐここに運び込むように」

「はっ！」

リーブルは部下に命じ石を運び込ませた。

大神殿の魔法陣に積まれてゆく魔鉱石。だがそれを見て、神官たちがどよめき出した。

「なんと！　魔鉱石の色が薄い。これでは使い物にならないのでは？」

「本当だ。ただの水晶のように見える。リーブル殿、これは魔鉱石か？」

神官たちの疑いの眼差しに、リーブルは目を吊り上げた。

「当たり前だ！　私の部隊が寝る間も惜しんで掘ったのだぞ！　魔鉱石に決まっている」

彼の激昂に、神官たちは一様に黙り込む。

私は魔法陣に近付き、魔鉱石を眺めてみた。五年前、儀式に使われた魔鉱石は紫が濃く虹色の光を放つ鮮やかな石だったはず。石は紫が濃いほど強力な魔力を秘め、召喚された聖女はその魔鉱石の力を吸って顕現(けんげん)する。だから聖女は紫を帯びた髪色になるのだよ、と父上が言っていたのを思い出す。

つまり、無色透明な石は神官たちの言う通り「魔力がない」ということなのだ。

しかし、リーブルは魔鉱石だと言い張っている。儀式に参加したことのない彼なら、そう言うのも仕方ない。魔鉱石鉱山から出てきたのなら「魔鉱石に違いない！」と思うのは当然だ。

「リーブル。確認するが、これは確かに魔鉱石鉱山で採れたものなのだな？」

「我が剣にかけて、間違いございません！」

「そ、そうか。それで、鉱山には濃い紫の石はなかったか？」

「紫？　いいえ、どこを掘っても透明の石しか採れませんでした」

どこを掘っても、だと？

それはまずいぞ。ロランは魔鉱石と聖女の護(まも)りで豊かになった国だ。その両方を失ったのでは面目が立たない。

悶々と考えていると、後ろから声をかけられた。

「それで殿下、儀式はどうなさいますか？ この透明の石で行いますか？」

神官のひとりが嫌みを言った。

どうせ、この石では儀式は成功しない。そう思っているのだ。

「儀式は行うとも！ 早く準備をしろっ」

神官たちに舐(な)められてはならない。大国ロランを継ぐ私が、無色透明の魔鉱石で見事聖女を召喚すればなんの問題もないのだ！

儀式の準備が出来ると、魔法陣の周りに呪文を唱える神官たちが集まる。彼らは、ずっと魔鉱石の色に文句を言っていたが、やがて諦めて定位置についた。

責任者である大神官がきっかけの言葉を言うと、輪唱のように呪文が重ねられる。

前回聞いた時は、抑揚のない呪文に恐ろしさを感じたが、今聞いてみるとそれほどでもない。

それよりも、儀式が成功するか否かだけが気になっていた。

ほどなくして、呪文は止(や)み静寂が訪れた。

成功したならば、このあと魔鉱石が燃え上がり魔法陣が揺らめいて、中から聖女が現れる。

しかし、魔法陣は中央に魔鉱石を置いたまま、少しも変化していなかった。

「やはり、無理か」

「当たり前だ。魔力がない石で聖女は呼べぬ」

「だが、鉱山で採れるのは、この透明の石しかないのだろう？」

言い合いを始めた神官たちを宥め、私はもう一度挑戦してみようと提案した。

なにかの手違いがあったのかもしれない。例えば、呪文を間違えたとか。

だが、そんな私の呑気な考えは、そのあと何度も失敗を積み重ねるうちにどこかに消えた。

透明の魔鉱石では、聖女召喚が行えないという事実が判明してしまったのである。

これは、完全に詰んでいるのではないか？

鉱山で魔鉱石が採れなければ、聖女召喚が行えない。

聖女がいなければ、精霊の加護が受けられない。

精霊がいなければ、魔鉱石が採れない。

まるで、堂々巡りの呪いのようだ。

「殿下。申し訳ありません。持って帰った魔鉱石が役に立たず……それにしても、これは大変な事態になりましたな」

隅で見ていたリーブルが、私の耳に囁いた。

「リーブル。私はいったいどうすればよいのだ。父上の言う通りにルナを追い出したが、まさかこんなことになるなんて……」

「ええ。お気持ちお察しします。もう二度と聖女召喚が出来なくなってしまったのですから」

「そうだ。二度と聖女が呼べな……ん？」

「どうかなさいましたか？」

リーブルの言葉で私は思い付いた。

聖女が召喚出来ないなら、ルナを呼び戻せばいい。今は力を失くしているが、そのうちなにかの拍子に戻る可能性もある。そうすると、精霊も現れ魔鉱石も採れるようになる。父上だって、このことを知ればルナを戻すことに賛成するだろう。新しい聖女を召喚出来ないのは残念だが、背に腹は代えられない。

それに、ルナだって住み慣れたロランに帰りたいと思っているだろうからな。

「ラシッド殿下？」

リーブルが私を覗き込んだ。

ずっと黙っていたのを不思議に思ったようだ。

「ああ、すまない。とてもよいことを思い付いてしまったのでね」

「おや、なんでしょう？」

「聖女ルナを呼び戻す」

「え⁉」

リーブルは目を丸くした。私の素晴らしい案に度肝を抜かれたようだ。

「お前の驚きももっともだ。しかし、これが一番丸く収まると思わないか？」

「い、いや、しかし殿下。あのように国から追い出しておいて、今更呼び戻すなどあまりにも……」

「心配ないさ。きっとルナも帰りたいと思っている！　そこでだ、ひとつお前に頼みがあるのだが？」

「は、はぁ。私に出来ることならば」

私はリーブルにルナを捜すよう頼んだ。さらに見つけ次第連れ帰るように念を押すと、慎重派の彼は父上に了解を得るように勧めてきた。聖女の追放は国王が決めたこと、連れ戻すなら先に了解を得るべきだと。

だが、ここはむしろ内緒にしておくほうがいいと私は言った。

だってそうだろう？　私の素晴らしい案に、父上が反対するはずがない。それに、いちいち判断を仰ぐのは愚者のすることだ。ルナを連れ帰ったら、きっと父上はお褒めの言葉を下さるぞ、とリーブルを説得した。

その後、ただちに準備にとりかかったリーブルは、部隊の兵士をふたり一組で各国へと捜索に出した。

翼のある聖獣が、どこまで聖女を運んだのかはわからない。そのため、遠くの国までくまなく兵士を送った。

私の勘では、暮らしやすいアッサラームかヤマトマか、その辺りにいるのではと思っている。

反対に絶対いないと考えるのは、今にも滅びそうなシャンバラだ。あそこだけは絶対にない。

誰が好き好んであんな国に行くものか。

世界地図を開きながら、そんなことを考えていた私の元に、リーブルが青い顔をして駆け込んで来たのは、兵士を派遣して暫く経った頃だった。

「失礼します！　殿下、大変です！」

「どうしたのだ？　お前が慌てるなんて珍しいな。もしかしてルナが見つかったのか？」

「あ、あの、見つかったのですが、少し問題が……」

「問題？　どんな問題だ？」

尋ねると、リーブルはビクッと震えた。

強健な彼が震えるなんて珍しい。私はリーブルに椅子を勧め、話の続きを促した。

「なにがあった？　話してみろ」

「はい。まず、聖女ルナを見つけたのは隣国シャンバラでした」

「シャンバラ!?　はぁ？　あのシャンバラか？　明日にも滅亡しそうなシャンバラか？」

「そ、そうです」

勘は見事に外れた。

しかしまた、なんでシャンバラなのだ？　なにもないだろうに。

「シャンバラで見つけたのなら、連れ帰るのは容易だろう？　どうしてそうしなかった？」

「聖女様を見つけた兵士が言うには、連れ帰ろうとしたらシャンバラの国王に邪魔をされたらしく」

「え？」

思わぬ回答が飛び込んできた。

なにかの冗談かと思ったが、リーブルの目は真剣だ。そう、真剣に怯えている。

「今、シャンバラの国王と言ったか？」

「はい。シャンバラ国王、カイエン・ミスリル・シーザード陛下です」

「なぜそいつが邪魔をするのだ？」

「ど、どうやら、聖女様はカイエン陛下とご結婚なされたようです」

はぁぁぁ!?という私の叫びは、全く声にならなかった。それほど驚いたのだ。

「そっ、そ、そ、それは本当か!?」

「対峙したのはシャンバラ正規兵で間違いないかと。カイエン陛下は、聖女様に用があるならちゃんとした手順を踏んでから来い！　と兵士を一喝したようです」

「ちゃんとした手順？　わが国の聖女に会うのにか？」

「恐れながら、今は他国の王妃様です」

全然意味がわからない。ロランの聖女が、シャンバラにいて、シャンバラの王妃になっている。冗談だろ？

ルナがロランを出てから、まだそんなに日は経ってない。いったいこの間に、なにがあったというのだ⁉

い、いや、それよりもこの状況は非常にまずい。

ルナを捜し出して連れ戻すなど、簡単だと思っていた。しかし、ここで他国が介入すると話は一気にややこしくなる。さすがに父上のお耳に入れねばなるまい。

「リーブル、私は父上に報告をしてくる」

「はい。それがよろしいかと思います。国家間の問題となりましたので、聖女様、いや王妃様に会うのに書簡も用意しなければなりませんから」

「そうだな」

私は足取りも重く、執務室へと向かった。

だが、執務室に父上は不在で、代わりに山のような書類に埋もれ、仕事に追われる大臣がいた。ふくよかだった大臣はげっそりとやつれ、今にも倒れそうなくらい疲れている。

「ど、どうしたのだ？　やけに忙しそうだな」

大臣は私に気付くと、一旦仕事をやめ息を吐いた。

「ああ、ラシッド殿下。申し訳ありません。昨夜からずっと書類に目を通しておりまして」

「なんの書類なのだ？」

「ロラン各地からの嘆願書です」

「嘆願書？」

大臣の元に歩み寄り、手元の書類を覗き込む。するとそこには、作物が不作のためどうにかして欲しいとか、森の木が枯れたとか、川が干上がったなどの災害報告が上がっていた。

「各地で被害が拡大しているようです。少し前はここまで酷くはなかったのですが、聖女様がいなくなってから一気に加速したようです」

「なんだと……そんなに大変なことになっているのか？　だが父上がなにか手を打ったのだろう？」

そう言うと、大臣は眼鏡を外して首を横に振った。

「陛下は最近執務室にはいらっしゃいません」

「は？　どういうことだ？」

「一日の大半をアイーシャ様の部屋で過ごされております。今は国政にも興味がないご様子にて」

「は、ははは、ばかな。あの父上に限って」

名王の呼び声高い父上が、国政を放り出すなどあり得ない。そう思う反面、最近の様子におかしな点があるのも否定出来ないのだ。

母上の部屋をアイーシャに与えたこと。それが、私の心に引っかかっていた。

ふたりはとても仲がよく、母上が亡くなった時、父上はかなり落ち込んだ。母上の部屋を大切にし、誰にも使わせはしなかった。それなのに、アイーシャに与えたのだ。

愛情など移ろうものだと思いもしたが、今となってみると、やはりなにかがおかしい。

「父上は今どこに？」

「アイーシャ様のところでしょうな」

大臣は諦めたように言うと、また書類と格闘を始めた。

私は執務室をあとにして、懐かしい母上の部屋へと向かった。

早足で廊下を抜け、中庭を通り、階段を上がる。昔はたくさんの侍女がいて華やかだった場所は、今ではひとっこひとり見当たらず閑散としていた。昼間であるのに、なんだか薄暗いような気もする。不安な気持ちを抱えながら先を急ぐと、やがて、見覚えのある扉の前に着いた。

部屋の中からは物音ひとつ聞こえない。慎重に扉を叩くと、なにかを引きずるような音がして、私は思わず後ずさる。

すると、闇が這い出るようにアイーシャが顔を出した。薄衣一枚羽織っただけのなんとも淫らな姿に、目のやり場に困る。

「あら。殿下。どうかなさいましたか？」

「ち、父上はいるか？」

「陛下ですか？　ええ、いらっしゃいますよ」

アイーシャは抑揚なく言い、部屋の中を振り返る。

「なにかご用ですの？」

「ああ、呼んでくれ。話があるのだ」

アイーシャは、ふふっと意味深に微笑むと、「お待ち下さい」と言い残し部屋の中に消える。

パタンと扉が閉まり、静けさだけが残ると、途端に不気味な気配が漂った。身の毛がよだつような、背筋が凍るような不快感。

すごく嫌な感じだ、と思っていると、部屋の扉が開き父上が現れた。

「あ、父上！　あの……」

どの件から言えばよいか迷い、縋るように見上げた私の体に戦慄が走る。父上の顔には精気がなく、視点も定まっていない。覇気溢れる以前とは真逆の姿に唖然とした。

「ラシッドよ……用件はなんだ」

低く唸るような声が響く。そこに感情は全く感じられない。

私は息を整え、落ち着いてゆっくり喋ろうと心がけた。見下ろす父上の目が恐ろしかったからだ。

魔鉱石に魔力がなくなり、聖女召喚が出来なくなったこと。ルナを捜し呼び戻そうとしたら、シャンバラ王と揉めたこと。それから、各地で災害や不作の被害が相次いでいること。

これだけの問題が重なれば、さすがに父上の目も覚めるだろう。

そう思っていた私に父上は言った。

「そうか。ラシッド、お前に全て任せる」

「えっ？　それはどういう意味でしょうか？」

「お前の好きにしろということだ」

淡々と言うと、父上は部屋の中に消えた。

呆然と立ち竦む私の前で、無情にも扉は閉ざされる。

暫くその場にいると、中から甘ったるい嬌声が聞こえてきた。いたたまれなくなり私は走り去る。鳩尾の辺りがやけに気持ち悪い。頭も痛い。

次々と襲ってくる不快な症状に、一目散に自室に帰ると、そのまま寝台に倒れ込んでしまった。

父上と大した会話も出来ぬまま、何日か過ぎたある日。

隣国シャンバラで起こったとんでもない話を聞いた。

王妃であるルナが、奇跡を起こしたというのだ。

大干ばつで滅亡しかかっていたシャンバラ。その干からびた大地に雨を降らせ、枯れた草木を甦らせ、水脈を復活させると、数々の作物が実る豊かな土地に変えたらしい。

更には、聖女の知恵で「ルナシータ」なる菓子を作り、大儲けしたという話だ。

一方、わが国ロランは、滅亡への道を転がり落ちていた。

各地の被害は増し、民は生活にも困る始末。ずっと豊かであったロランは、災害についての危機感が薄く、民にしてやれることなどなにもない。

その上王宮では、国王により重臣が追放されるという事態が続いた。父上の代行として、政務を行っていた大臣もその中に含まれている。

ロランは、このまま滅びるのだろうか？　……い、いや、諦めるのはまだ早い。

ルナだ！　ルナをシャンバラから連れ戻し、ロランの災害を止めさせよう。この私が、正式にシャンバラを訪問し「聖女はロランのものだ！」と主張すれば、カイエンとやらも折れるに違いない。

第五章 聖女、敵を知る

「北門、異常はありません！」

「南門、異常なし！」

「正門、ロラン国使者の姿はまだ見えません！」

謁見の間には、兵士が入れ代わり立ち代わりやって来て、状況をカイエンに報告している。

今日、とうとうロランからラシッドがやって来る。

ロラン兵がアルバーダでハシムを拐うという暴挙に出たのを、カイエンたちはまだ忘れていない。

手段を選ばない野蛮な行為に、今回も卑怯な手に出ないかを心配しての警戒態勢だ。

「緊張しているのか？」

玉座に座るカイエンが尋ねてきた。

私は王妃の席に座り、仕立ててもらった衣装を纏って、借りてきた猫のようにちょこんと座っている。

「緊張しているのか？」と聞かれたけれど、まさにその通り、めちゃくちゃ緊張している。

でもそれは、ラシッドと会うせいじゃなく、場違いなこの雰囲気に呑まれそうだからだ。

表情筋が固まったまま無言の私を見て、カイエンは愉快そうに笑った。

「大丈夫。全てオレに任せておけ。どんと構えて座っているだけでいい」

「は、はい」

そう返事はしたものの、見られることに慣れてない小心者（私）は、キョロキョロと視線を彷徨わせた。

せっかく新しい衣装で、髪も美しく結ってもらったのに、王妃が貫禄のない小者で本当に申し訳ない。

ここはひとつ、人と言う文字を書いて飲もう！　と手を開いた時、慌ただしく扉が開いた。

「正門より報告！　ロラン一行、約三十名の小隊が接近中であります！」

正門の物見の兵士だ。

「わかった。警戒を怠るな。ここに通すのは王子と隊長の二名のみ、あとは、一階広間で待機させておけとシスルに伝えよ！」

「はっ！」

カイエンの言葉を受け、兵士はすぐに踵を返し、早足で正門へと向かった。

その様子を見て、私の緊張はより一層高まった。

いったい、ロランはなにを言ってくるのだろう。

まだ、聖女を連れ戻すことを諦めてないのなら、なにか策を考えていそうなものだけど。

それから暫くして、王宮内の気配が変わった。ラシッド一行が広間に到着したのだ。

ピーンと張り詰める空気が、階を隔てた謁見の間まで伝わってくる。

ドキドキと煩く鳴る心臓を抑えながら待っていると、やがてシスルの声が扉の外から響いてきた。

「ロラン国のラシッド王子、到着いたしました！」

重々しく扉が開き、脇に避けたシスルの影からふたりの人物が見えた。

真っ白い衣装の細身の男と、剣を携えた隊長格の男。

いつも白っぽい服を着ていたので、私はそれがラシッドだとすぐに気付いた。

しかし、彼の雰囲気は以前とはまるで違っていたのである。

「ようこそ。ロランの王子、ラシッド殿」

カイエンがよく通る声で言うと、びくっと肩を震わせたラシッドが青い顔でこちらに近付いて来た。

これは、あのラシッドなのだろうか？　それが最初に私が感じたことである。

彼の自慢の金髪はボサボサ、肌も青く精彩を欠いている。

自信満々の態度は、今ではなにかに怯えたように鳴りを潜めていた。

「お、お初にお目にかかるシャンバラ王、カイエン・ミスリル・シーザード。ロラン第一王子、ラシッド・アルウィン・ロラン……である」

ラシッドはカイエンの威厳に負けじと声を張ったが、心許ない様子は隠せない。

なにかに助けを求めているようだ……と、思った途端、いきなりこちらに視線が向いた。

「ああ、ルナ、ルナッ！」

「え!?　ええっ？」

ラシッドはカッと目を見開くと、私の元に駆け出して来ようとした。

すると、シスルとイズールが私とカイエンの前に詰め、ラシッドの進行を遮った。

「なんのつもりだ？　シャンバラの王妃を名で呼び、近付こうとするなど無礼極まりないぞ」

カイエンは静かに言った。だが、声は刺々しく重く、怒りを堪えているのが丸わかりだ。

立ち止まったラシッドは、不本意そうな表情をして呟いた。

「……聖女はロランが召喚した、ロランの物。ロランの発展と繁栄のためにだけあるものだ」

「ルナは物ではない。シャンバラ王カイエンの妃である。しかも、ロランは力を失くしたルナを追い出したそうじゃないか！　それで返せなどとよく言えたものだ。私なら恥ずかしくて言えないな」

せせら笑うカイエンの後ろから、シャンバラ兵の失笑が聞こえる。

これは、プライドの高いラシッドには屈辱的だろうな。

だいたい、苦労も知らず、ぬくぬくと王宮で暮らしていたラシッドが、幼い頃から権謀術数に巻き込まれてきたカイエンに敵うはずもない。

「くっ……だ、だが、聖女は帰りたいと思っているかもしれないぞ⁉」

ラシッドは期待を込めた目で私を見た。

「全然思いません。シャンバラにいたいです」

思うわけがないでしょう？　どうしてそう思ったのか、そのおめでたい頭の中を覗いてみたいものだ。

「はぁ⁉　い、いやいや、そんなことはないだろう？　ロランで何不自由のない生活をしていたはずだ！」

「そうですね。与えられるものに不満はありませんでしたよ？　その点に関しては感謝しています。だけど、そんな物的なものではなくて、私自身がここにいることに生き甲斐を感じているんです！　ですから、ラシッド王子……このままロランにお帰り下さい」

案外落ち着いて言えたな、と自分で驚いた。

気持ちは伝えられた。あとは、ラシッドがどう出るか、だ。

「そういうことだ。王妃ルナはシャンバラで生きる。私と民とともにな」

畳み掛けるようにカイエンが言うと、ラシッドは黙って俯いた。

悪巧みや次の手を考えているようには見えない。途方に暮れている、というのがしっくりくる姿だ。

「……どうすれば……よいのだ……」

ラシッドの絞り出した呟きに、私とカイエンは顔を見合わせた。

どうすればよいのだ、なんて言われても困る。

案の定、シスルもイズールも肩を竦め、ロランの隊長まで困惑の表情を浮かべた。

ぶつぶつと呟き、全く動かなくなったラシッドに、仕方なくカイエンが告げた。

「ラシッド殿。一度国に帰り国王と話し合ってはどうだ？　まぁ、こちらの意向は変わらないが……」

「話し合い？　そんなものが出来れば苦労はしない！」

ラシッドが突然、噛み付くように返してきた。こんなにも攻撃的になる王子を、私は知らない。

のほほんとしたお坊ちゃんで、怒っているのすらあまり見たことがなかった。

「どうしたのだ？　声を荒(あら)らげるようなことか？」

「…………」

また黙ってしまったラシッドに、今度は私が問いかけた。

「王子。ロランでなにかありましたか？」

すると、縋るようにこちらを見ながらラシッドが訥々と言った。

「父上は……以前の父でないようだ」

「どういう意味ですか？　陛下になにか？」

「君が去ってから、新しく聖女を召喚しようとしたけど、全て失敗した」

「ええ、それは……聞きました」

アッサラームのシャル殿下とカイエンの話を盗み聞きしましたからね。

「魔鉱石鉱山から土の精霊が消え、石が全部透明になったのだ。知っていると思うが、魔鉱石は濃い紫が最上。色が濃ければ濃いほど魔力が強い。透明な魔鉱石で何度か挑戦したが、無理だった」

ラシッドは長い溜め息をついた。

なるほど、そういうことだったのか。大量の魔鉱石を使っても召喚出来なかったのは、石自体の魔力がなかったから。土の精霊は、鉱山が大好きで基本そこにたむろしている。彼らは魔鉱石を育み、魔力を注ぎ込むのが趣味で、いかにして最上級の魔鉱石を作り上げるかを競い合っていた。たぶん、私が精霊と話せなくなった頃にはもう、ロランから弾き出されていたのだ。

「聖女不在のロランでは、次々と災害が起こった。草木が枯れ井戸が干上がり、作物が軒並み不作になったのだ。まるで精霊の加護を失ったかのように」

青い顔のラシッドは、焦点の合わない目を私に向けた。

地母神ガラティアとの邂逅（かいこう）により、なぜ精霊と話せなくなったかはわかった。でも、原因は不明だ。

ガラティアは薄いヴェールが邪魔していると言ったけど、それが出現した理由は、当の本人にさえまだわからないのだ。

「その話は、ロラン国王の件となにか関係あるのか？」

カイエンが突然話に割り込んだ。

なにが気に入らないのか、彼の口調はきつく、眉間に皺も寄っている。

そんなシャンバラ王を見て、ラシッドは怯えながら返した。

「か、関係はある！　父上がおかしくなったのは、だいたいその頃からなのだ。側室であるアイーシャの元に入り浸り、国政を投げ出した。国を憂う重臣を罷免し、今では、アイーシャの部屋から一歩も出ない」

「まぁ……」

かなりアイーシャを溺愛していたけど、部屋から出なくなるなんて少し異常だ。

でも、それは私にはどうしようもない。

「このままでは、ロランは滅びてしまう。だがっ、聖女の力があれば回避出来る！　失われた力が、再び戻ったのは知っているのだ。シャンバラの奇跡がその証拠！」

ラシッドがここぞとばかりに叫ぶと、カイエンの堪えていた怒りが爆発した。

「力が戻ったからどうした！　お前たちは召喚に応じてくれたルナを、使えなくなった途端追い出したのだ！　これ以上ルナを悲しませることはオレが許さん！　さっさと帰れ！」

身を乗りだし激昂するカイエンは、とても迫力があった。

でも、不思議と怖くはない。彼は私が言いたくても言えなかったことを、はっきりと言ってくれた。

追い出されて悲しかったこと、途方にくれたこと。

叫びたくても出来なかった私に代わり、カイエンが声に出してくれたのだ。

私とは逆に、ラシッドは恐怖で竦み上がっていた。

顔色は更に悪くなり、吐きそうな様相で口を押さえている。

ロランの隊長が肩を支えていなければ倒れていただろう。

まだ怒りが収まらないカイエンに代わり、シスルが場を納めた。

「シャンバラ王はもうお話しすることはないそうです。ラシッド様、お帰りを」

「……わかりました」

答えたのは隊長のほうだ。

「しかし、どうかご一考を、ロランの民のために……どうか」

フラフラのラシッドを支えながら、隊長は切実に訴えた。

祈るようなその目が、ロランの人たちの心情と重なり、私の心は乱された。

そうしてシスルに促され、ラシッドと隊長が謁見の間を去ると、場に静けさが戻った。

誰もいなくなった謁見の間で、カイエンと私はどちらともなく互いに見つめ合った。

「なにを考えている？」

カイエンが言った。

「ロランの民のことを。大丈夫かなって……」

「そうだろうと思ったよ。オレもお前と同じことを考えていたからな」

「え!?　カイエン様も？」

同じことって……本当に？

私は目を見開いた。

「ラシッド、あいつはやはり気にくわない。だが、民に罪はない。なんとかしてやりたいと思う」

「は、はい。私も、そう思います」

「それにな、このままではオレはロランと同じになってしまうんだ」

カイエンはそう言って笑うと、また続けた。

「シャンバラの危機を無視したロランとな。そうはなりたくないと心底思う。どんなに相手が憎くても」

「カイエン様……」

他者を思いやる気持ち、揺るぎない正義感……そしてなにより、誇り高い精神。

私の国の王様は、他の国の、どの王様よりも素晴らしい人だ。

ロランの一行が帰ると、すぐにカイエンは情報を集め始めた。

南方のアッサラームやフレイヤ、北方のヤマトマとスーリヤ、外交で関わりのある国々と接触を図り、ロランで起きている問題を探るべく行動を開始したのである。

実際の被害状況はどうか？　本当はなにが起こっているのか？

王宮内部にいるラシッドやロラン兵からは見えない民の姿を、客観的に知りたかったのだと思う。

それは、隣国の王として手を差し伸べるため。

飢えの苦しみを知っているカイエンは、この件を出来るだけ早く解決したいと考えているようだ。

情報収集の使者を送ってから、一週間後。

情報の取りまとめ役を買って出た、アッサラームのシャル殿下がやって来て、早々に会議が開かれた。

面子（メンツ）はカイエンとシスル、シャルとアミード。その中に私も加えてもらった。

「いやぁ、まさかルナさんがロランの聖女様だったとは」

シャルは着いて早々言った。

彼はアミードから届いた書状で、シャンバラの奇跡の全てを知ったらしい。

「すみません。言い出せなくて」

「いえ。その気持ちはわかります。叔父上が聖女にあまりよくない感情を持っていましたからね」

シャルはチラリとカイエンを見た。

当のカイエンは、その視線を煩わしそうにかわし、すかさず本題を切り出した。

「シャル、それよりも、ロランの現在の情報だ」

「ああ、はい、叔父上。どうやらロランはかなり酷い状況のようですね」

「やはり、そうか？」

「ええ。シャンバラの干ばつと同程度の被害が出ています。その上、国王がなんの動きも見せないので、状況は悪化するばかり……」

「ラシッドの言うことは本当だったか。しかし、それならば王子か重臣が指揮を執ってもよいのではないか？」

……それもそうだわ。

でもラシッドが、カイエン並みのリーダーシップを発揮出来るとは、どうしても思えない。

私が眉根を寄せるのを見て、カイエンも自分が言ったことを否定した。

「無理だな。少なくともあの王子には」

「ラシッド王子ですか。あまり評判はよろしくないですね」

シャルは困ったような顔をした。

一応私がいた国の王子だから、言葉を選んだのだろうか？　そんな気遣いは全くいらないことを伝えたい。

私もラシッドは『よろしくない』と思っているから。

「大臣や重臣はどうなのだ？　ラシッドの話では罷免された者もいたらしいが、あれだけ豊かな国だ、それでも人材は残っているだろう？」

「あー。それがですねぇ……」

シャルは更に困った顔をして言った。

「国王を諌めた重臣たちは、軒並み追放されたらしいのです」

「はぁ!?　軒並みだと？　全員追放されたのか？」

「はい。彼らは今、親類や友人を頼って他国へと移り住んでいます」

「正しいことを言う者を自ら遠ざけるとは……」

カイエンは深く息を吐いた。

内乱で多くの人材を失ったシャンバラにしてみれば、考えられないことなのだろう。

国にとって、一番の宝が人だと知っているカイエンは、あからさまに不快な顔をしている。

「まぁ、それはさておき。シャル、国王の側室アイーシャなる者についてはどうだ？」

「ええ、それについても少し気になることを聞きました」

シャルはアミードに地図を広げさせた。

それは大陸全土の地図で、中央にアッサラーム、斜め上にシャンバラ、その隣にロランが位置している。

地図の北（上）のほうにはヤマトマとスーリヤがあり、シャルはその辺りを指して話を始めた。

「スーリヤの上は今平原になっていますが、ここには百年ほど前、ニーベルン皇国がありました。ルナさん以外は知っていますよね？」

カイエン、シスル、アミードが頷いた。

「このニーベルンの滅亡の過程とロランの現況がとてもよく似ていると、スーリヤの国王が気にしていたというのです」

「スーリヤの国王が？」

「はい。国王が言うには、昔、ニーベルンが滅んだ時、スーリヤに多くの難民が来たそうです。その難民……ニーベルンの生き残りが住む集落では、ある昔話が残っているのだとか」

「昔話？」

カイエンが言い、他の全員が首を捻った。

側室アイーシャの話から、なぜ昔話へと話が飛ぶのか。それがわからなかったからだ。

しかし、シャルは冷静にコホンと一回咳払いをすると、吟遊詩人さながらに語り始めたのである。

「……昔々、ニーベルンは賢王マルスが治める大変栄えた国でした。その国に、ある日踊り子のアイーシャがやって来ました。彼女の美しさの虜になったマルスは、なんと国の政を疎かにし始めたのです。時を同じくして、ニーベルンを大飢饉が襲いました。作物は枯れ、食べ物はなく、飲み水にも困る有様。それでも、マルスは国を顧みることはありません。国民は次々に隣国に逃げ、とうとう国にはマルスひとりだけとなりました」

「……で？　どうなった？」

一度黙ったシャルに、カイエンが尋ねた。

するとシャルは、取り囲む全員の目を順番に見つめ、驚くべきことを言った。

「さぁ？　わかりません」

「え？　わからないって……そんな中途半端な昔話があるか!?」

カイエンの文句に私も同意である。

オチのない昔話なんて、喉に小骨が刺さったみたいで気持ち悪い。

「叔父上。マルスひとりだけになったのに、最後の状況がわかるわけがないでしょう？　まぁ、結果ニーベルンは滅亡したのですから、マルスは死んだか殺されたのです」

淡々と述べるシャルに、カイエンは呆れ気味に溜め息をついた。

だけど、この昔話には気になる点があった。

まず、登場人物に知っている名前が出てきたこと。「アイーシャ」だ。

でも、百年前の踊り子とロランの側室が、同一人物のはずがない。

人間は百年も生きられないし、ただの偶然だとするほうが自然である。

「ニーベルンでもアイーシャという名前が出てきたな。ロランの側室と同じなのが気になる」

カイエンは呟き、考え込んだ。

恐らく、彼も私と同じ結論に達したのだと思う。

同一人物とするならば「アイーシャ」は人ではないなにか、となってしまうのだ。

「同じじゃぞ？」

突然、後ろから偉そうな声が聞こえてきて、私は急いで振り返った。

そこには、地母神ガラティアがふわふわと浮き、眉根を寄せて腕を組んでいた。

「ガラティア様？　い、いったい、どうしました⁉」

と言ったのも、ガラティアと会うのは久しぶりだったからである。

シャンバラで奇跡が起きたその夜、催された宴の途中で忽然と姿を消してから今日まで、全く音沙汰がなかったのだ。

「言うたではないか？　妾、精霊たちから相談を受けておると」

「あ！　ああ、ロランにヴェールが、っていう……あれですか？」

「そう、あれじゃ！　その件でな、少しばかり調べておったのだ」

「そうなのですか⁉　それでどうでし……」

言いかけて、周りの視線がこちらに集中しているのに気が付いた。

ガラティアの存在を知っているカイエンとシスルとアミードは、私を不思議そうに見ている。

だけど、なにも知らないシャルの顔は、とんでもなく引きつっていた。

空を見つめひとりで喋る私は、常軌を逸していたのだろうか。

ここはちゃんと、説明しておかなくては。

「えーっと、シャル殿下？　大丈夫、正気です！　と説明しておかなくては。

「えーっと、シャル殿下？　大丈夫、正気です！　実は私の後ろに地母神ガラティア様がいらっしゃいます。シャンバラを復興させてくれたものすごい神様なのです」

「ガラティア……様？　地母神がそこにいるのですか？」

シャルは視線を彷徨わせる。

「私にしか見えなくて、声も聞こえないのですけど、本当にいますから！」

決して頭がどうかしたわけじゃないのです。信じて下さい！

そう心を込めて言うと、シャルはあっさり納得した。

「そうですか。なるほど。ではガラティア様にもご意見をお聞きしましょう」

少し拍子抜けである。でもシャルが、素直で淡白なおかげで随分時間が短縮出来ている。

「そ、そうですね。話の続きをしましょう。ガラティア様、結局精霊がロランに入れないのはどうしてだったのですか？」

私はまた振り向いた。

ガラティアは自分の存在がみんなに認められたと知ると、嬉しそうに瞳を輝かせた。

「それよ。さっき話に出たろう？　アイーシャじゃ。全て奴のせいなのだ。ニーベルンを滅ぼしたのも、ロランを滅ぼそうとしているのも、な」

「アイーシャは……ひょっとして人間ではないのですか？」

「うむ。邪神（じゃしん）じゃ」

「邪神!?」

私が叫ぶと、カイエンたちが身を乗り出した。

彼らにはガラティアの言葉は聞こえないけど、やり取りの中で、内容を聞き取っていたのだ。

「おい。邪神と言ったか？　アイーシャは邪神なのか!?」

信じられないというように、カイエンが私に詰め寄った。

「はい。ガラティア様はそう言っています。あの、カイエン様？　申し訳ないのですが、邪神の情報を早く聞きたいので……」

途中で話の腰を折らないでもらいたい、という非常に言いにくい言葉を、私は表情に出して訴えた。

直接聞けないもどかしさで口を挟みたいのはわかるけど、いちいち全員の言い分をガラティアに伝えていたのでは話が一向に進まない。

そんな気持ちを、カイエンはすぐに酌み取ってくれた。

「あ、うん。そうだな。オレも冷静さを欠いた、すまん」

「い、いいえ。邪神なんて聞いたら、驚くのも当然です。私も、今とても信じられない気持ちでいます。ですが、精霊やガラティア様が存在するのなら、邪神もいたって不思議じゃない」

地母神ガラティアが目の前で起こした奇跡。

奇跡が起こるのなら、それと真逆の現象「絶望」だって起こせるはずだ。

私は改めてガラティアに向き合った。

「邪神はニーベルンと同じように、ロランも滅ぼそうとしているのでしょうか？」

「で、あろうな。ニーベルンにもロランにも大国特有の傲りがあったのじゃ。邪神は人の負の感情が好物での？　それに引き寄せられてやって来る」

ガラティアはストンと地に降りて、空いていた椅子に腰かけた。

「妾たちがロランに入れぬのは、奴の結界のせいじゃ。国の中心に巣くい、結界を張り、精霊を追い出す。すると、作物がだんだん弱り育たなくなる。そうして生まれる民の不安や恐怖を糧に、結界はどんどん強固になるのじゃ」

「そ、それで、最後は？」

「ニーベルンの昔話のようになるのう。人の負の心を粗方（あらかた）食べ尽くしたら、ロランは廃墟になり、やがて荒野となるだろう」

一旦話が途絶えたところで、私はガラティアの語ったことをみんなに伝えた。

彼らは、各々が難しい顔をしながらなにかを考え込み、部屋の中は静けさに包まれる。

精霊が入れぬ邪神の結界。

ロランの現状が、滅亡の一歩手前なのだとしたら、結界はかなり強く固くなっているのだろう。

でも、ガラティアほどの地母神でも入れないのだろうか？

「ガラティア様、結界を破れないのですか？」

ふと呟くと、カイエンたちが顔を上げた。

偉そうな態度で座っていたガラティアは、私の言葉を聞くと途端にムッとした。

「よく考えてみよ。結界を壊せるならとっくにやっておると思わんか？」

「あっ！　そうですね。ということは、ガラティア様にも出来ないことがある、と？」

「お主、虫も殺さぬ顔をして、ガンガン妾の心を抉ってくるのう？」

ガラティアは不満げに私を見た。そんなつもりはさらさらない。

事実を簡潔に述べただけなのに、どうやら地母神は少し傷付いたようだ。

「ふん！　しかしな、手がないとは言ってないぞ？」

「えっ!?　結界を破る方法があるのですか!?」

「そうなのか！　なんとか出来るのか、あ、すまん、また、口を挟んでしまった」

カイエンは申し訳なさそうに言ったけど、ガラティアはそれに返答した。

「出来る！　まぁしかし、妾ではなくお主らがやるのだがな」

「私たちが？」

「そうじゃ。結界は精霊や神霊を通さぬが人は通す」

「あ……」

そう。確かにそうだ。

私もロランからシャンバラに来たし、ラシッドもシャンバラに来た。

そして、彼はロランに戻ることも出来ている。

「気付いたようじゃの？　邪神の糧は人の欲じゃからな。人がおらねば力は増やせぬ」

「えっと、人は結界を通れることはわかりました。でもそれで、私たち、結局なにをすればいいのですか？　ひょっとして潜入したり、とか？」

と言ってみたものの、中に入ってなにが出来るのか。

邪神と戦え！　なんて無茶振りは、さすがにしないわよねぇ？

「待て待て！　今どういう話になっているんだ？　潜入ってなんだ？　ルナ、教えてくれ！」

「あ、はい。実は……」

私は今の会話の内容をカイエンたちに伝えた。

「つまり、結界内に侵入は出来る。だが、侵入してから邪神を倒す方法を考えなくてはならない。そういうことか？」

カイエンが言った。

その隣で、シャルたちも眉間に皺を寄せながら考えているけど、どうやらいい案は浮かばないらしい。

「はぁ……お主たち阿呆か？　人が邪神を倒せるわけがなかろう？」

重々しい空気を一蹴したのはガラティアだ。

地母神は、こちらの悩む様子を楽しげに眺めたあと、颯爽と話に加わってきた。

その様子を見るに、これまでなにも言わなかったのはワザとだと思う。

邪神に対抗する方法のない私たちを、散々悩ませておいてからの天の声。

ガラティアは最初から方法を知っていて、ここぞという場面で言う気だ。

なぜかってそれは「妾、すごいじゃろ？」と思わせたいからである。

「ガラティア様、なにか作戦があるのですか？」

「もちろんじゃ！　……あれ？　反応が鈍いのう。もっと驚愕したあと、妾のすごさに恐れおののき、ひれ伏し、頭を垂れるかと思うたが……」

ガラティアはぷうと頬を膨らませた。思いの外、私が淡々と言ったから面白くないのだ。

しかし、ここでガラティアに機嫌を悪くされるのはとっても困る。

なんとか、快く作戦を話してもらわないと。

「驚きすぎて一周回って冷静になったのです！　さすが地母神ガラティア様、その見識の深さに私、感動しております！」

「おっ？　おおっ！　そうかそうか！　そうじゃろうな！」

地母神は一転、機嫌がよくなった。

そして、話の行方(ゆくえ)を見守る四人と私に、鼻高々に喋り始めたのである。

「ウオッホン！　よいか、よく聞け、凡庸なる人間たちよ！　なにもお前たちが邪神とやり合う必要はない。さしあたってやってもらいたいのは、ロランの民の心の救済じゃ！」

「心の救済、ですか？」

「うむっ！　……おや？　なんじゃ、まだわからんのか？」

私がポカンとしたのを見て、ガラティアは少し嬉しそうな顔をした。

上から目線で言えることが楽しくて仕方ない、そんな表情である。

「やれやれ、仕方ないのう。邪神の結界の糧はなんじゃ？」

「えっと、人の不安とか恐怖とか……あっ、もしかしてそれを取り払うことが、心の救済なのですか？」

「正解じゃっ！　ロランの民の心が穏やかになれば、邪神の結界が弛(ゆる)む。その弛んだ結界に妾がとどめを刺し、ついでに奴を封印してやるぞえ！」

「封印!?　ガラティア様が邪神を封印して下さるのですか！　しかもついでだなんて心が広す

ぎます！　さすが、地母神ですね！」

そう言うと、ガラティアは天を仰いでワハハと笑った。

私の反応が思った以上だったらしく、かなりご満悦である。

面倒臭い地母神だけど、半ば無理だと思っていた邪神退治に光明（こうみょう）が見えたのは、間違いなくガラティアのおかげ。たっぷり崇め奉ってもお釣りがくる。

「どうやら方法があったようだな」

私とガラティアのやり取り（ほぼひとり芝居のように見えていたと思うけど）を延々見ていたカイエンは、表情と断片的な会話でなんとなく内容を理解していた。

「はい！　ロランの民の不安を取り去り、邪神の結界を弛めることが出来れば、あとは偉大で慈悲深い地母神ガラティア様が封印してくれるそうです！」

偉大で慈悲深い、と聞いて、ガラティアは「はうっ！」と胸を押さえ肩を震わせた。

なんとなく私、地母神の扱いに慣れてきたかもしれない。

「封印ですか？　完全に消滅させるのは無理なのですね」

と言ったのはシャルだ。

それに、いち早くガラティアが反応した。

「なんじゃ、不満か？　神の類いを消滅させるのは大事（おおごと）なのじゃぞ？　特に邪神は人の思念から産み出されるもの。奴が消滅するとすれば、それは人類が滅ぶ時であろう」

私はガラティアの言葉を伝えた。

すると、シャルは慌てて姿勢を正し、空に向かって頭を下げた。

「申し訳ありません！　邪神というものをよく知らず、失礼なことを言いました。地母神ガラティア様、どうかお許し下さい」

「う、うむ。別に構わぬぞ。妾は偉大で慈悲深いからの。そのくらいのことで怒ったりせぬ。それに、出来れば妾とて邪神など消滅させたいと思うておるのじゃ。しかし、これぱかりは仕方なかろうの」

ガラティアは肩を竦めた。

——人が存在する限り、邪神も存在する。

ガラティアの言うようにそれは仕方ないことなのだろう。

でもそれなら、私たちに今出来ることを最優先でするしかない。困っているロランの民の救済。

そのあとのことは、またあとで考えればいいのだ。

「さて、方針は決まったが、問題は民の心の救済方法だ」

カイエンが話を戻すと、シスルとアミードが順番に発言をした。

「不安を取り除き安心させる、言葉では簡単ですが、漠然としていてなにをすればいいかわからないですね」

「ええ。そうですね。不安を解消するには、他のものに目を向けさせるのがいいと思いますが。そんなに気を引けるものなんてありますか？」

気を引けるもの？

うーん、と悩む四人の側で、私も必死で考えてみた。

例えば、この間見た花火なんてどうかな。インパクトがあって美しくて、心が洗われるようだった。

でも、不作で作物も育たない中、呑気に花火を愛(め)でる余裕があるだろうか。

人間って、まず基本の食欲が満たされないと他のことに目が行かないのでは……はっ！

その瞬間、ピコーン！と頭の中で効果音が鳴った。とてもいい案を思い付いてしまったからだ。

「はいっ！　発言よろしいですか？」

思いきりよく手を挙げると、カイエンが言った。

「うん？　どうしたルナ？」

「思い付きました！　ルナシータですよ！」

「ルナシータ？」

「ロランは今、作物が不作です。当然食糧もあまりないはず。そこで、シャンバラ名物ルナシータを大量に持って行って配れば、お腹(なか)も満たされてみんなの気持ちも和むのではないかと」

ルナシータならば、嵩張らず持っていけるし大勢に配ることが出来る。

栄養もあり、百パーセントイモなので腹持ちもいい。優しい甘さも、気持ちを落ち着けるのには最適だ。

「それだ！ シャンバラが救われたように、きっとロランも救うことが出来るな！」

カイエンは全面的に私の意見に賛成してくれた。

シャルもシスルも力強く頷き微笑んでいる。

が、しかし。

少しズレた発言をした者がいた。

「シャンバラのイモが国を救う。そんな噂が広がればもっと儲かりますね」

「シャンバライモの御利益が噂になれば、妾の権能も爆上がりじゃな？」

強欲な商人アミードはヒヒヒと笑い、地母神ガラティアはクフフとほくそ笑む。

まぁ確かにそうなんだけど、口に出して言う必要はないと思う。

駄々漏れの感情は、どうぞ心の中に納めて下さい。

「とにかく。やることは決まった。あとは手早く遂行するのみだ！ アミード！ ロランへ運ぶルナシータはどのくらいで用意出来る？」

「国民全員となると、五日はかかるかと。ルナさん、製造所のほうはなんとかなりそうですか？」

「うーん。集落から配達されてくるイモを、一便から二便にしてもらえたら用意出来そうですね。あとはもう少し人手が必要です」

製造所ではたくさんの人が働いてくれているけど、短期に大量生産となると、臨時で人員を補充しないと無理だ。

ブラック企業じゃないので、二十四時間は働けません！

「そうか。シャル、至急アッサラームから人を借りられるか？」

「もちろんです。すぐに手配しましょう。急げば明日にはシャンバラに着くはずです」

「よしっ！　では至急準備に取りかかる！　ロランのためには、早ければ早いほうがいいからな！」

カイエンの言葉を受けて、シャルはすぐに身を翻し、アッサラームへと発つ準備をした。

シスルは各集落の集配部隊増設のため、兵舎へと駆け出していき、アミードはすぐさま、かかる時間と人員の概算をしている。

そうなると、私の急務はルナシータ製造所での全員のシフト調整だろう。

製造所長として、仕事が偏らないように、うまく割り振っていかなければならない。

アッサラームからの臨時応援の人を効率よく使うには、各セクションのリーダーで会議をする必要がありそうだ。

「カイエン様。私、今から製造所へ行ってみんなと話を詰めますね」

「ああ、頼む。いきなりで皆大変だろうが、ルナならば纏められるだろう」

「いや、あ、はい。ガンバリマス……」

そんなに屈託のない笑顔で言われるとちょっと照れる。

信頼されている、のかな？

戸惑っていると、私の肩にふわりと乗ったガラティアが余計なことを言った。

「この初々しい感じ……なにやらむず痒(がゆ)いぞえ。ひょっとして、あれか？　恋と言うやつか⁉」

「ちょっ！　違います！　違いますったら！」

「なにが違うのだ？」

今度はカイエンが変な顔でこちらを見る。

「い、いえ？　なにも違いませんよ？」

「ほほぅ、やはり恋か」

「………」

これはもう、無言で退場したほうがよさそうだ。私は微笑みを張り付けたまま、カイエンの部屋から出た。

製造所へ戻ってみると、ちょうどお昼休みの終わりを告げる鐘が鳴ったところだった。

一階大広間を改良した休憩室からは、各仕事場へ向かう人々がわらわらと出てくる。

その中には各部署のリーダーたちがいて、副所長の肩書きを持つシータもいた。

彼らを呼び止めた私は、閑散とした休憩室で会議を始めた。

『第一回、製造所リーダー会議』の議題は、図らずも重い話になった。

ロランで起こっている災い。それが邪神の仕業だ、という俄には信じられない話を私はみんなに語った。

カイエンたちとの会議の内容。そして、地母神ガラティアが語った真実。

包み隠さず、全てをみんなに伝えた。

実は、それには私なりの理由があったのだ。

シャンバラは、隣国のロランに助けを求めたのにもかかわらず、一蹴された経緯がある。

それなのに、なぜ自分たちが彼らを助けなくてはならないのか、と面白くない人もいるかもしれない。

だから、正確に嘘偽りなく、真摯に協力を仰ぎたい、そんな思いがあったからだ。

「どう思いますか？　みなさん、カイエン陛下や私に協力してもらえますか？」

問うと、リーダーたちは身動ぎもせず私を見つめた。

これは、どういうリアクションなのだろう？

不思議に感じていると隣に座っていたシータが、立ち上がり言った。

「ルナねぇさま。どうしてそんなこと聞くの？」

「え？　どうしてって……」

「困っている人を助けるのは、当たり前のことよね？　そうでしょう？」

シータがリーダーたちを見ると、みんなが同じ表情で微笑んでいる。

「そうだよ。手を差し伸べるべきだ」

「可哀想に。早く助けてあげましょう！」

「飢えがつらいのは、私らが一番よくわかっているからね。なんとかしないと」

そう口々に言う彼らに、私は自分が少し恥ずかしくなっていた。

どうしてシャンバラの人たちが、ロランを助けるのに反対するなんて考えたのだろう。

そんな人たちじゃないのは、よくわかっていたはずなのに……。

「じゃあ、みなさん。全員賛成ということでいいですか？」

再確認すると全員がコクンと頷いた。

「それでは次に、アッサラームからやって来る人員の配置について……」

すんなりと本題に入ると、私たちは仕事の話をした。

どの部署にどれだけの人が必要か、とか、円滑に仕事を進めるには何時間交代にすればいいか、とか。

熱い議論は二時間ほど続き、方針が固まったところで終了した。

リーダーたちは各部署へと戻っていき、休憩室にはシータと私だけになった。

「お疲れ様、シータ。今日は納品書を纏める作業だっけ？」

「あ、あの、ルナねぇさま？」

「ん？　なぁに？」

シータは畏まって私を見上げている。

いつも猪突猛進な彼女が、言い淀むのは珍しい。

「えーとね、ロランにルナシータを持って行くのは誰なのかな？」

「ん？　あっ、ロラン潜入組のこと？」

「うん！　そう」

「あ、ああ。それはね」

と言いかけて、なにも決めてないことに気付いた。

カイエンたちとの話し合いでも、ロランへ向かうメンバーについては決められてない。

でも、ひとりはもう決まっている。

「たぶん、私と誰か……シスルさんか、もしかしたら、イズールさんかもしれないね」

私は確定。カイエンは王様だからシャンバラに残るだろうし、そうなるとナンバー2のシスルが総指揮を執りそう。

ルナシータを大量に配ることを考えたら、小隊規模を用意してくれるとありがたいのだけど。

その辺をもっとカイエンたちと詰めて話さないといけない。

黙々と考えているとシータが言った。

「じゃあ、シータも行くわっ！」

「え？　ど、どうして？」

いや、なんでそういう結論になった？

「ロランは今、すごく危ないから、ルナねぇさまになにかあったらいけないでしょ？　心配だから一緒に行くわっ」

「あのね、危ないからシータを連れては行けないのよ？」

「イヤっ！　もう家族がいなくなるのはイヤなの！」

大きな瞳をうるうるとさせながらシータは叫んだ。

そうか、そうだったわ。シータはシャンバラの内乱で両親を失ったのだ。

いつも元気で明るいから、つい忘れてしまうけど、本音を言えば寂しいに違いない。

それを、気付いてあげられなかったなんて。

でも、邪神の支配するロランではなにが起こるかわからないし、危険すぎる。

「シータ、私、ちゃんと帰ってくるよ？　それにね、ロランの状況は全くわからなくて……」

「大丈夫よっ！　ルナシータを配るのなら、たくさん人がいるでしょ？　ロランにはお腹を空かせた子供もいるだろうし、怯えさせないように子供同士のほうがいいと思うの」

「う、それは、確かに……」

正論すぎる。大人だけじゃなく、子供もいたほうが相手の警戒心は下がる。

若干丸め込まれている気がしないでもないけど。

「でしょ？　それに、ディアーハちゃんもいるんだもん！　大丈夫大丈夫！」

その言葉を聞いて、私の背後がざわついた。

最近出番が少ない聖獣が、名前を呼ばれて反応したのである。

彼は出て来なかったけど、シータに頼りにされて、かなり喜んでいるのが雰囲気で丸わかりだ。

「はぁー、もう仕方ないなぁ。十分気を付けて、絶対にひとりにならないこと！　いい？」

「はぁい‼」

いい返事をしたシータは、駆け足で仕事に戻っていった。

やれやれ……。心配ではあるけど、ルナシータの生産に一から携わっているシータがいれば、なにかとうまくいきそうな気がする。

あとは、アッサラームからの応援を待ち、ルナシータを大量生産してロランへ。

それまでなんとかロランが持ち堪えてくれたら。そう願いながら、私は休憩室を出て所長室へと向かった。

アミードの概算通り、会議から五日後には、大量のルナシータが出来上がった。

それを可能にしたのは、アッサラームからの百人の応援である。

やって来た彼らは、働き盛りの若手ばかり。城の近衛(このえ)を務める人や兵士が多くとても優秀であったため、すぐに仕事を覚えて即戦力になってくれた。

ルナシータ製造が滞りなく進んでいたので、私はその間、新しいお菓子作りに没頭していた。食糧を運ぶだけではなくて、現地でも出来立てを食べてもらえたら、より幸福度が上がるかと考えたのだ。そこで目をつけたのが、ある作物である。

その作物は、大地が潤い豊かになった畑で放置されていた。青々と実る他の作物と比べ、それは茶色く干からびていて枯れていると思われたらしい。

私がその作物に気付いたのは、各集落から運ばれてくるイモの荷馬車に紛れ込んでいたからだ。

それは「小豆(あずき)」。和菓子界のスーパースターである。この日本人にとても馴染み深い作物が、見向きもされず放置されていたことに愕然とし、なんとか小豆を活用しようと考えたのだ。

小豆を活用したお菓子はいろいろある。しかし、ロランの各地で実演実食となると、形や香り、インパクトが重要。なににしようかと考えていると、私の頭の中にある懐かしいお菓子が浮かぶ。

浮かんでしまえば、もう、それしか考えられなくなった。

レグラザードの街に行き、鋳物(いもの)職人を訪ね、焼き型を制作してもらうと、小豆を煮て餡(あん)と外側の生地を作る。一気に五個焼ける焼き型を熱し、生地、餡、生地の順で流し込み、上から同じ焼き型で蓋をして、数分後。

香ばしい匂いと共に焼き上がったそのお菓子は、日本でおなじみの『たい焼き』である。

そのあと、シータや製造所の人に試食をしてもらい、大絶賛されたたい焼きは、ロランでの実演実食に最適と判断されすぐに採用となった。

そんなわけで、ルナシータやその他のお菓子に関しては、なんの問題もなく進んでいったのだけど。

問題は別のところで発生したのだ。

ルナシータの見通しが立ち、いよいよ出発メンバーを決めようと王の部屋に集まった私とシスルとアミード。

その前で、開口一番カイエンはこう言った。

「オレが行く！」

「カイエン様。仮にも一国の王が、なんの通達もなくホイホイと他国へと行くものではないと思いますが」

冷静にシスルが言うと、負けじとカイエンが返す。

「一国の王だからこそだ。邪神による大陸の危機に、オレが行かずに誰が行くのだ？」

「大陸の危機というよりも、カイエン様は誰かの心配をしているだけでしょう？」

「そ、それは、どうでもいい！　とにかくロランへ行くのはオレとイズールの小隊。あとはルナとシータ。シスルは残ってアッサラームや他国と連携を取れ」

カイエンは王様の強権を発動して、ゴリ押しでメンバーを決定した。

シスルが深く溜め息をついて見た先には、興味深そうに微笑むアミードがいる。

正直言って、私もシスルと同じく、王様が自ら行くなんて思いもよらず、カイエンは居残りだと思っていた。

だけどよくよく考えたら、ここは大陸一、王様らしくない王様の国である。

王は職業、更には苦情処理係だと言うカイエンなら、このフットワークの軽さも当たり前かもしれない。

大人しく待っているわけはないわよねぇ。

「全く。言い出したら聞かない方だ。議論も時間の無駄でしょうね。わかりました。シャンバラのことはお任せを。でも、無事に帰って来て下さいよ？」

納得しながらも、心配するシスル。

そんな彼に、カイエンは力強く言った。

「ああ。必ず務めを果たし、帰って来ると約束しよう」

「その約束を信じます。それでは、イズールたちに荷馬車を用意させ、出来上がったルナシータや備品を積み込ませましょう。倉庫に保管してあるのですよね？　ルナさん」

「は、はい！　持って行くものは全て倉庫に置いてあります」

「ふむ。今から積み込みをして、皆の支度を整えていると、ロランに向かうのは早くとも明日の朝になりそうですね」

宰相モードに切り替わったシスルは、テキパキと頭を働かせた。

アミードに負けず劣らず、シスルも頭が切れる。

内乱の処理や、干ばつからの復興など、シスルがいなければ乗り越えられなかったことも多い。

彼が残ってくれるなら、シャンバラの国内の心配はなさそうだ。

「では、明日の早朝、全員正門前に集合！」

王者らしく叫んだカイエンは、次に小声で囁いた。

「ルナ？　少しいいか？」

「あ、はい。大丈夫です」

「うん。おい、お前たちは仕事に戻れ」

カイエンの視線の先を辿ると、シスルとアミードが含み笑いでこちらを見ている。

彼らがそっと部屋を出て行くと、カイエンはこちらに歩み寄って来た。

「あのな、ロランに行っても、ひとりで突っ走ったりするなよ？」

「え？　ええ。はい、もちろん」

「本当だな？」

「本当ですよー。だいたいひとりで突っ走ったことなんてありまし……」

偉そうに言ったものの、あることを思い出して私は目を泳がせた。

恐らく、カイエンがここまで念を押すのは、アルバーダ集落での一件が原因である。

ハシムを助けるため独断で救出に向かった、そのことだ。

「ありましたね……すみません」

「ああ、いや、謝らなくていい。ロランは非常に不安定だからな。行動の全てに気を付けなくてはいけない」

「はい。全くその通り……」

年上のクセに、考えなしでごめんなさい。

めちゃくちゃ反省しています、と私は全身全霊で訴えた。

「わかっていればいい。常に報告・連絡・相談を心がけてくれれば」

「ホウレンソウ！　そうですね！　優良企業の基本ですからね！」

「ホウレンソウ？　ユウリョウキギョウ？　……まぁいい。明日は早い。今日は早めに休んでおくようにな」

「はい」

カイエンは自分の椅子に座ると、束になった書類に目を通し始めた。

出発のギリギリまで仕事をするなんてやっぱり王様は大変だ。

心の中で労いつつ、仕事の邪魔をしないようにと静かに部屋を出る。

そして振り返った途端、シスルに行く手を塞がれて、私は飛び上がって驚いた。

「ひいっ！　な、なにしてるんですかっ！」

すると彼は訳知り顔で言った。

「ふっ。カイエン様の心配性にも困ったものですね」

「え？　いえ、私の無鉄砲が原因ですから」

「それだけではないですよ？」

「はい？」

無鉄砲が原因じゃない？　てっきり「独断専行するな」と釘を刺されたのだと思っていたけど。

「ルナさんはカイエン様の理想の女性ですからね。出来るだけ側から離れたくないのですよ」

「意味がよくわかりませんが……」

理想の女性って、どういうこと⁉

そう叫び倒したいのを堪え、至極冷静に対処した自分を誉めたい。

「あれ？　言ってなかったですか？　カイエン様はアッサラームの姉上様に育てられたも同然でとても尊敬しているのです。そのため、理想の女性は自分より年上で包容力のある人だそうですよ」

シスルは自信満々で言い切った。

そんなこと、あなたから一度も聞いたことないですが⁉　ていうか、カイエンって超シスコン⁉

「えっと、でも年上で包容力がある人なんて、この世界のどこにでもいますから。私を理想というのもどうかと」

「いいえ。カイエン様はルナさんのことを真剣に想っています！　ゆえに……」

笑顔だったシスルは、言葉の最後で真剣な表情になった。

そして、一拍置いたあと、言った。

「どうか、無茶をしないようにお願いします。また、シャンバラの王妃として、恥ずかしくない振る舞いを心がけて下さい」

あ、念押しだったのね。

理想の女性云々は前振りで、結局カイエンと同じく警告したかっただけ⁉

ただそれも、私の無謀な行動が引き起こしたものだから仕方ない。

「気を付けます」

真摯に答えると、シスルは満足そうに去っていった。

そのあと、私は仕事を片付け、自室に帰り、早めに床についた。

しかし、一日に二回も諭されたことと、カイエンの理想の女性像の話が頭から離れず、暫く悶々としていたのである。

第六章 聖女、闇を退ける

早朝、太陽が顔を出したのを合図に、私たちはロランに向けて出発した。

一番前にはイズールと小隊の兵士数人が。その後ろに五台の荷馬車が連なり、真ん中の馬車にカイエンと私、シータが乗る。

最後尾には小隊の残りの兵士が、周囲を警戒しながら進んで行く。

荷物の重量があるのでスピードはかなり遅く、どんなに頑張っても到着は昼過ぎになる概算だ。

早起きをしすぎたシータは、まだ眠いらしく、私の肩に凭れて眠ってしまった。

向かい合って座るカイエンは、そんな私たちの様子を微笑ましく眺めている。

お、お、落ち着かないっ！　これじゃ、安心して居眠り出来ないじゃないの！

昨日あまり眠れなかったから、馬車の中で爆睡しようと思っていた。

だけど、不眠の原因であるカイエンが目の前にいて、呑気に寝てなんていられない。

せめて、なにか話題があれば余計なことを考えなくて済むのに。

そんなことを思っていると、カイエンが口を開いた。

「シータは本当にルナが好きだよな」

「私、姉妹がいなかったから嬉しいです」

「そうやっていると、本当の姉妹みたいだ。なんだか懐かしいな」

カイエンは窓の外に目を向けた。

在りし日の記憶を思い出している、そんな表情で。

「もしかして、アッサラームのお姉さんのこと、考えていますか？」

「なんでバレたんだ？」

「姉妹のことを言い出したので、もしかしてって」

本当は昨日のシスルの話が忘れられないからだった。

カイエンの理想の女性像を確立した人。

素晴らしい王様に成長したカイエンを育てたのだったら、きっと完璧な女性に違いない。

会ってみたいと思う反面、嫉妬に似た感情が呼び起こされるのはどうしてなのか。

わからないまま、私はカイエンの言葉を待った。

「シスルから聞いていたのだったか？　オレの子供の頃の話を」

「はい、少しだけ」

「そうか。なら姉がオレにとってどんな存在かは知っているよな」

姉であり、母であり。内乱の起こったシャンバラから、逃げてきたカイエンを匿った女性。

私はカイエンに頷いて見せた。

「歳の離れた姉で名前はサラディナーサと言うのだ。外見は大人しそうなのだが、中身は、大胆で向こう見ず。アッサラームの義兄上がいつもハラハラしっぱなしでな。オレもいつも泣かされていた」

カイエンは頬を緩めたけど、私は驚きのあまり目を見開いた。

聞いていた話と随分違いますけど……？

「シスルさんが言うには、寛容で包容力のある方だとか？」

「包容力？　ははっ！　ものは言いようだな。あまり物事を気にしないだけだと思うぞ」

伝聞のイメージは、ひょっとして当てにならないんじゃないか、と私は思った。

なんでも出来てよく気が付く完璧美女像は一瞬にして崩れ去り、ガサツなイメージが上書きされた。

「姉とお前はよく似ている」

カイエンは目を細めてこちらを見た。

なんで、今、それを言うんですか？　ガサツなイメージがついた途端、似ているって。

素直に喜べないんですけど？

「そ、そうですか？」

遠回しに私がガサツだと言われている気がする。でも、あながち間違ってないのがつらい。

「ああ。心が広く優しくて聡明。時折見せる無鉄砲さも、誰かのことを想ってのことだから」

「ええ⁉　少し誉めすぎですよ？　それに、昨日は突っ走るな！　って怒りましたよね」

「だから、怒ってないって……少し言いすぎたと反省しているのだ」

「反省なんて……」

だいたい、聖獣と地母神にも「うっかり聖女」と言われている私だ。

その上、カイエンに怒られたところでそんなにダメージはない。

「オレはルナのその純粋な無鉄砲さが、本当は好きなんだよ」

「うえっ？」

「だが、時にそれがお前自身の危機にも繋がってしまう。止めたいが、見ていたいとも思う。難しいよな」

カイエンは柔らかく目尻を下げた。

その微笑みを見つめていると、なにかが胸の内から溢れ出すような不思議な感覚に囚われる。

胃の上のほうをギュッと掴まれるような、切なさで押し潰されそうな。

昨日、なにか、変なものを食べたかな？　全く心当たりはないんだけど。

そのうち、いたたまれなくなって目を逸らした私は、窓の外を見た。

すると、緑溢れる大地が途切れ、茶色く干からびた大地へと様変わりしている。

ロランからシャンバラに来た時は逆だった。

緑豊かな大地であったロランは、奇跡が起こる前のシャンバラのように草木が枯れている。

その様子をカイエンも憂えた。

「短期間でこんなに疲弊するものか？」

「それだけ邪神の力が強いのですよ。大地を干上がらせるなんて……カイエン様！　絶対に救ってあげましょう」

「ああ。もちろん！」

「ん……」

カイエンと私の大声で、目を擦りながらシータが起きた。

でも、ちょうどいい。

馬車は国境を越え、ロランの辺境の地に差し掛かったところだったからだ。

土埃の中を、馬車はロランの最初の村へと急ぐ。

窓から見えるのは荒涼とした大地。時折小さな竜巻も起こり不安を煽る。

ロランの美しかった景色はどこにもなく、暗く淀んだ世界へと変貌を遂げていた。

「お空が暗いわ……」

シータが空を見上げ呟いた。

灰色の不気味な緞帳が覆い尽くす空は、閉じきってしまえば世界が終わるような閉塞感すらある。

「こんなロランの端のほうまで影響があるようですね」

「国境まで満遍(まんべん)なくとは、律儀なことだ」

カイエンが苦虫を潰したような表情で言うと、シータがなにかを見つけて身を乗り出した。

「あ、あれ！　村かな？　建物が見えるっ」

「うん、えーと、ロランの最南端だからレミ村だと思うわ」

神殿にあったロラン全土の地図。

それに、記載されていた通りなら合っているはずだ。

特産品は豊かな丘陵地で作られる果物だけど、今見る限りではそんな面影はない。

緑で溢れていただろう丘は、枯れた木ばかりの悲惨な状況だ。

私たちはそのままレミ村へ向かった。

きっと王都から外れたほうが食糧は不足している。シャンバラでも同じだったからカイエンたちにはよくわかるのだ。知らぬふりをして通過するなんて絶対に出来ない。

近付いて中の様子を窺うと、村は閑散としていた。外には人の気配がなく静かである。

アルバーダのように集会所に集まっているのかもしれない。

シャンバラ一行は、辺りを警戒しつつ、村から少し離れたところに馬車を止めた。

そして、カイエンと私、あとはイズールと兵士数人が中に入ることになった。

寂れた門を進み、幾つかの民家を通りすぎると、やはり中央に大きな建物がある。

アルバーダよりも格段に大きい石造りの立派な建物だ。

しかし、その立派な建物は土埃でかなり汚れている。

「どうします、カイエン様？　中を確かめてみますか？」

先頭を行くイズールが尋ねた。

「そうしよう。誰かいればいいんだが……」

カイエンが答えると、急に集会所の扉が開いた。

顔を覗かせたのは若い男でビクビクしながらこちらを見ている。

「だ、誰だ？」

「突然すまない。オレたちはシャンバラから来た。ロランの現状を知って、なにか出来ないかと食糧などを持って来たのだが」

「シャンバラ!?　あんたたち、シャンバラから？」

「そうだ」

カイエンが頷くと、男はさっと集会所内へと姿を消した。

中で話している声がするけど、なにを言っているのかはわからない。

私とカイエンは顔を見合わせ、暫く事の成り行きを見守った。

すると、観音開きの扉が完全に開いて、今度は年配の女性が現れた。

「ようこそ、シャンバラのみなさん。私は代表のリーザと申します」

「オレは……カイエンという。こっちはルナ。あとはシャンバラの兵士たちだ」

さすがに「国王だ」とは言えないよね。

相手がびっくりしてしまうわ。

「そうですか。遠路、お疲れ様でございます。あの……息子のワトに聞いたのですが、食糧を持って来てくれたのだとか？」

「ああ。村の外の荷車に積んでいる」

「おお、感謝します！　備蓄の食糧が底を突き、まさに今、村を捨てる決断を迫られていたところでした」

代表のリーザは感極まって膝をついた。

さきほど顔を見せた息子がそれを支え、ふたりは抱き合って喜んでいる。

その様子を見て、後ろから村人がぞくぞくと顔を出した。

「そんなに切羽詰まっていたのか。ならば、早く村に食糧を運ぼう！　村の人で手伝える者は来てくれ」

「は、はい！　皆、シャンバラの方たちをお手伝いするぞ！」

リーザの息子ワトが村人に声をかけると、何人かの男性が手を挙げた。

彼らを引き連れて荷馬車まで行き、ルナシータと未調理のイモ、それから多少保存の利くように改良した『新イモプリン』を一緒に降ろす。

全員でそれらを集会所へと運び、待っていた村人全員に配布すると、どこからともなく啜り泣く声が聞こえた。

「ありがたい、こんなにたくさん……」

「飢え死にせずに済んだなぁ……」

村人の生活は限界だったのだ。

ロランの中枢が機能停止しているから、当然物資も届かない。

上の人間は、自分たちのことばかりで民の生活にまで考えが及ばないのだろう。

「ゆっくり落ち着いて食べて下さいね。あまり早く食べると体に悪いですから」

私は側にいた女性に声をかけた。

すると、彼女はルナシータを握り締めぽろぽろと涙を溢した。

「ありがとう、本当にありがとう」

女性の隣には男の子が硬い表情で座っていたけど、シータが話しかけると、すぐに笑顔になった。

さすが、子供は子供同士。やっぱりシータを連れて来て正解だったわ。

そんな思いを感じとったのか、シータは私を見てえへへと照れた。

「リーザ、ここ最近のロランの話を聞かせてくれないか?」

全ての村人に食糧が行き渡ったのを見て、カイエンは話を切り出した。

村の代表リーザは、私とカイエンを奥の円卓へと導くと、息子のワトを背に重い口を開いたのだ。

「最近、と言ってもね。もう気付いたらこんな惨状になっていたんだよ。なにがあったのかもわからないまま、草木が枯れ、作物が腐り、淀んだ空気が漂って……」

リーザは祈るように手を合わせた。

「聖女様に酷いことするからさ！　噂で聞いたんだけど、王様が突然力の使えなくなった聖女様を用済みだって追い出したんだとか。だから、精霊の加護がなくなったって皆言ってるよ」

リーザに代わり話に割り込んで来たのはワトだ。

年若く覇気に溢れる青年は、鼻息も荒く捲し立てた。

それにしても、噂ってわりと正確に伝わるものよね。

普通なら尾ひれがついて変な風に伝わりそうなものだけど、三分の二くらいは合っている。

更にワトは興奮冷めやらぬ状態で、カイエンに詰め寄った。

「なぁ！　あんたたち、シャンバラから来たんなら、聖女様とシャンバラ王の話を知っているだろ？」

「え？　あ、ああ」

「シャンバラ王と聖女様は出会った瞬間恋に落ちた。そして、大恋愛の末、妃になった聖女様には力が戻り、あっという間にシャンバラの大地が甦った！　そう、これがシャンバラの奇跡だよなっ！」

ワトは拳を握り締め叫んだ。

えーっと、なんだか熱愛多めに伝わっていませんか？

ロランの大神殿での話が、かなり正確に伝わっているのに対して、シャンバラの話は半分が作り話である。

そもそも、出会った瞬間、恋に落ちましたっけ？

確か私たち、馬糞とイモの話しかしてない気がしますよ。

困ってカイエンを見ると、こちらがびっくりするくらい赤い顔をしている。

こんなカイエンを見たのは初めてだ。

「よ、よく知っているな？」

「有名な話さ！　前に来たアッサラームの商隊から聞いたんだ」

アッサラームの商隊？　そう聞いた瞬間、私の脳裏に、笑顔の可愛らしい無邪気な少年が浮かんだ。

つまりこれは、国に帰ったシャルが、面白おかしく吹聴したのに違いない！

各国で聖女のラブロマンスや武勇伝が広がっているのは、絶対に殿下のせいだ！

遠いアッサラームまで、呪いの念を送っていると、今度はリーザが言った。

「聖女様がシャンバラで幸せになってよかったと思っているよ。でも本音を言えば、ロランに帰って来てもらいたいわ」

「母さん……」

「図々しいとは思うのよ。だけどね、なんとか私たちのことも助けて欲しいの。でないと、ここを去る決断をしなくてはならないから」

「村を離れるのか？」

食い気味にカイエンが聞いた。

「住み慣れたところだけど、こんなになってしまったら、もう生きていけないでしょう？　だから、シャンバラへ逃げるか、アッサラームへ行くか。決をとる寸前だったんだよ」

「なるほど。じゃあオレたちはいい時に来たわけだ」

「どういうこと？」

リーザは顔をしかめた。

そんな彼女に、カイエンは諭すように話し始めた。

「村は捨てないで欲しい。諦めないで欲しいのだ。あなた方がここにいることが、国を救うかもしれないのだよ」

不思議がるリーザを見つつ、私はカイエンに視線を投げた。

すると、彼もこちらを見、私たちはどちらともなく頷いた。

それは、全ての真実を話す、そして、協力してもらう……その了解だ。

村人の不安を取り除けば、次にすることは、団結して強い意志を持ってもらわなくてはならない。

それには、こちらの思いも考えも、全部話すべきだ。

カイエンは、リーザとワトに向き直ると、自分が何者かを伝えた。

ふたりは暫く呆然としていたけど、カイエンの持っていた剣の紋章や、付いて来た兵士の装備を改めて見て、信じてくれたようだ。

そして、彼らが次に見たのは私だ。

あの話を知っているなら、シャンバラ王の隣にいるのは聖女だと誰だって思う。

「まさか、聖女様だったとは」

呟くリーザの目は潤んでいた。

ワトはそんな母親の肩を優しく抱く。ふたりは大した威厳もない私に、恭しく頭を下げてくれた。

カイエンは、リーザとワトに、今ロランで起こっている現象について説明した。

邪神の結界に閉じ込められたロランには精霊の加護が届かない。その結界を強めるのは、人々の不安や恐怖である。

数々の異常現象が起こるのはそのせいで、元凶の邪神は国王の側室アイーシャである、と。

そして、邪神を封印するためにはどうすればいいのかをふたりに教えた。

「それで、食糧を持ってシャンバラから来て下さったんですね、私たちの心を不安から解き放つために」

リーザは言った。

彼女は、私が聖女だと知った時から敬語になった。

やめて欲しいと言っても直らないので、もうそのままにしている。

「はい。食が満たされれば、多少なりとも気力が回復するでしょうから」

「そして、結界が弱まったところで、地母神様が封印をするのですね！　なんと、素晴らしい作戦でしょうか！　それにしても、精霊のみならず神まで味方につけてしまうとは聖女様のお力の強さに頭が下がります！」

「い、いや、それほどでも……」

リーザやワトからは尊敬と敬愛の感情が駄々漏れだった。

でもそれは、シャンバラで知らず知らずのうちに行ってしまった布教活動のせい。

完全な棚ぼたである。楽しく労働していただけで、地母神来ちゃってスミマセンと言いたいくらいだ。

「しかし、まだわからないことがあるのです。カイエン王はなぜ村を捨てるな、と言ったのでしょうか？」

リーザはカイエンへと視線を向けた。

「君たちはニーベルン皇国の話を知っているか？」

「ニーベルン……滅びた国ですね？　大帝国を築きながら、一年足らずで地図から消えた。そのくらいのことしか知りませんが」

「ニーベルンを滅ぼしたのも同じ邪神のようなのだ」

「そんな、まさか」

口を覆うリーザは、ワトと顔を見合わせた。

ふたりはそれがなにを意味するかを知ったのだ。このままだと、ロランが辿るのも滅びの運命だということを。

「ニーベルンの昔話では、邪神に誑かされた王を見限って民が国を捨てた。誰もいなくなった地は、もう国とは呼べない。その瞬間、彼の国は廃墟になった」

「それは、つまり……」

ワトがカイエンに次の言葉を迫る。

「不安を煽り、食い尽くし、やがて人がいなくなったら、容赦なく潰す。それが邪神の目的だ。だから村を捨てないでくれ。ここで踏ん張って欲しいのだ！」

「なるほど。村を捨てれば、邪神の思うつぼ、というわけですね」

リーザは全てを悟った顔をした。

そしてすぐに立ち上がり、集会所に散らばった村民へと叫んだのだ。

「みんな、聞いて下さい！」

すると、ルナシータを食べていた村の人たちの目が一斉にリーザを捉えた。

全員が耳を傾けている。

それを確認したリーザは、さきほどカイエンから聞いた一部始終をわかりやすく話した。

まず、私たちがシャンバラ王の一行だという事実にどよめきが起こり、聖女も一緒だと知ると一際(ひときわ)高い歓声が起こる。

邪神の話には動揺とともに悲鳴が聞こえ、助かる手立てがあると知ると、安堵の溜め息が漏れた。

「そんなわけで、私たちは聖女様とシャンバラ王の言う通り、村に留まろうと考えていますが……どうですか？」

リーザが村人たちに問いかけた。

このレミ村に初めて来た時、彼らの瞳は暗く沈んでいた。

でも、今、リーザに向ける視線は強く、希望に満ちている。

全員が深くしっかりと頷くのを確認して、リーザは振り返った。

「カイエン様。私たちは村を捨てない。大したことは出来ませんが、これであなた方の背を押すことは出来るでしょうか？」

「十分だよ、リーザ」

カイエンとリーザは、固く握手を交わした。

それから方針が決まったレミ村で、私たちはたい焼きの実演実食と地母神ガラティア布教活動を開始した。

村の中心にお祭りの屋台のような建物を作り、簡易的な調理場を設置する。

魚の形の焼き型を取り出すと、もの珍しさに村人が寄って来た。みんなの注目が集まる中、早朝に作っておいた生地と餡を温まった焼き型に流し込み、ゆっくりと火を通して焼き色をつける。生地の焦げる香ばしい匂いと甘い香りに村人たちの頬も緩む。そして、焼き上がったものを集まった村人たちに配ると、周囲から幸せな溜め息が聞こえて来た。

「まあ、なんて美味しいの⁉　外はかりっと！　中はもっちり！　この食感は初めてだわ」

「中の黒いのは豆かい？　こんなに甘くなるんだねぇ」

「ねえ、見て！　お魚の形してるのに甘いよ！　おもしろいね！　すごいね！　美味しいね！」

女性も、男性も、子供も。幸せそうに頬張っている。

村人全員にたい焼きが行き渡るのを確認してから、シータは用意していたビラを取り出し、みんなに配り始めた。

そのお手製のビラには「おイモの精霊さん」こと、地母神ガラティアの強大な力と慈悲深さについて細かく記されている。

それは、シャンバラの子供たちが、仕事の合間に一枚一枚心を込めて作ったものだ。

シャンバラを救ってくれた地母神ガラティア様は、とても優しく美しい神様です！　きっとロランを救ってくれます！　みんなで地母神ガラティア様を信じましょう！

ビラにはそういった賛美が綴られていて、たまたまそれを覗き見してしまったガラティアが、喜びのあまり嗚咽を漏らしていたのを私は知っている。

シータや子供たちのビラ布教のおかげで、シャンバラ一行がレミ村を去る頃には、そこかしこでガラティアに祈りを捧げる姿が見えた。

空腹が満たされ、精神的な拠り所を見つけた人々の心は、すっかり平穏を取り戻している。

私たちは、安心して次の村に向かい馬車を進めた。

しかし、それを止める者がいた。

「カイエン様、聖女様！　お待ち下さーい！」

息を切らして一行に追い付いて来たのはワトだ。

イズールが急いで隊を止め、カイエンが窓から顔を出すと、ワトは息を整えながら訴えた。

「呼び止めてしまってすみません！」

「いや、構わないが。どうした？」

「あ、あの、他の村でも同じように説明して回るのですよね？」

「ああ。そうだ」

私は、馬車の中からふたりの会話を聞いていた。

王都までは、あと何ヶ所か村や町がある。

当然、レミ村のように、素直に信じてくれる人ばかりではない。骨の折れる任務になるかもしれないな。

そう考えていると、ワトが言った。

「僕も連れて行って下さい！　他の村とも交流があるし、ロランの人間がいるほうが話は早いでしょう。当事者ですからね！」

「なるほどな。それはいい考えだが、村はいいのか？　リーザは許したのか？」

「もちろんです。母にはロランのレミ村代表として頑張ってこい！　と言われました」

「そうか。では、力を貸してもらおう！」

カイエンは馬車の扉を開けて、ワトを招き入れた。

にっこり微笑み、空いていたシータの隣に腰かけるワト。

骨の折れる任務は、彼の同行により格段に難易度が下がった。

シャンバラ一行は、レミ村から次の村へ、そして、また次の町へと旅を続けた。

どの場所でも、ルナシータとたい焼きは大評判で、疲弊しきっていた人々を笑顔にする。

そして、そこから先はワトの出番だ。

ロランの現状を伝え協力を要請する、その難しい任務をワトは軽々とこなした。

思ったよりも饒舌で、素晴らしく話のうまい男だった彼は、確実にロランの民の意識を変えた。

おかげで、行った先の町や村では、揉めることもなく、逆に歓待モードで受け入れられたのである。

そうして、ロランに入ってから五日後、私たちは王都エーデルへと到着した。

エーデルは別名、花の都と言われ、色とりどりの植物が咲き乱れる美しい場所だった。

王宮、神殿のみならず、民が住む町にも豊かな緑が溢れていた……はずなのに。

馬車から見る風景は、私の知っているエーデルとは真逆で、一瞬、別の地に来たのかと思ってしまった。

町には霧が立ち込め、少し先はよく見えない。

太陽が出ているのかどうかもわからず、建物全てが灰色だ。

人影も疎らで、たまに誰かを見つけても表情さえ判別できない暗さである。

「酷いな……」

呟くカイエンに私は相槌を打った。

「はい。他の村や町より、王都が一番酷いですね。邪神が近いからでしょうか？」

「かもな。干ばつなどの自然現象と違って、元凶に近いと影響が顕著に出るらしい」

「人もいないね。ルナシータ、一軒一軒配って回らなきゃダメかな」

シータがプルルッと震えながら言った。

小さいのに、恐怖に耐えてよく頑張っている。

私は不安げなシータの手をギュッと握り、大丈夫だよと言うように微笑んだ。

すると、不意に馬車が止まった。

「カイエン様！」

やって来たのは、前方で指揮を執っていたイズールである。

「どうした？　なにかあったのか？」

「前方に少人数の騎馬を目視し確認したところ、ロランの王子がいるようなのですが。いかが致しましょう？」

「ラシッドが⁉　どうして町に……なにをしているのだ？」

カイエンがこちらを見た。

しかし、私にもさっぱりわからない。

町の見回りか、民の様子を見に来たのか。王子のすべきことならいくらでも考えられるけど、相手がラシッドなだけに予想がつかない。甲斐性のある男ではないからだ。

首を捻る私を見てカイエンは言った。

「降りて確かめてみよう」

「私も行きます」

「危険だから馬車にいたほうがいい」

「いえ、大丈夫です。一緒に行きます」

言い切った私に、カイエンは諦めて頷いた。

そして、シータをワトに任せると私たちは馬車を降りた。

カイエンに手を引かれ、イズールの先導で霧の立ち込める前方へと進むと、大きな影が見えた。

息を呑んで見つめていると、大きな影がユラリと揺れた。

馬から降りたと見える人影は、こちらを窺うようにゆっくりと近付いて来た。

向こうもどうやらこちらに気付いたらしく、ザワザワしている。

「ラ、ラシッド王子？」

「ルナ？」

やっぱりラシッドだった。

彼は、青白い顔でこちらを見て微笑む。

どうしてここにいるのか、私がそれを聞く前に、カイエンが尋ねた。

「ラシッド王子。なぜ町に？」

「カイエン殿。先日の無礼を許して頂きたい。あれから私も反省し職務を全うしようと考えたのです」

「殊勝なことだ。で、町の見回りか？」

「それもあります。しかし本当の目的は、シャンバラの王が聖女を伴いロランの各地で食糧を配給している、という話を聞いて、私たちもなにか手伝えないかと出てきたのですよ」

弱々しくもしっかりと言い切ったラシッドを見て、私は心底驚いた。

あのダメ王子が自ら行動するなんて、天変地異が起こりそう……あ、実際起こっているんだけど、それは王子のせいじゃない。

この状況で覚醒するなんて、ちょっと出来すぎている気もしなくはない。

でも、心を入れ換えて、国のため、民のために奔走するのは確実にいいことだ。

「へぇ。じゃあ、オレたちを手伝ってくれるわけだな？」

「はい！　微力ながら」

「よし。では食糧配給の手伝いを……と言いたいところだが、どうやら民は家に籠っているらしいな」

カイエンは辺りを見回した。

出歩いている人は数えるほどだから、大多数は家にいるのだと思う。

「そうです。この不気味な霧を恐れて最近はあまり外に出ませんね」

「だとすると、やはり個別に配って行くしかないか」

「エーデルの町なら、ロランの警備兵が詳しいので任せて下さい。ふたり一組で民家を回りますか？」

「……ルナどう思う？」

カイエンが尋ねてきた。

「いいと思います。エーデルの警備兵なら、各家に何人住んでいるかわかるので、ルナシータを配るのも早く済みそうですから」

「うん。お前が言うならそうしよう。ラシッド王子、警備兵を借りる」

「はい、そうして下さい」

ラシッドは後ろに控えた警備兵たちを呼び寄せると、イズールに彼らを任せた。

シャンバラの兵士たちとエーデルの警備兵は、イズールの指図通り対になり、早速分散してルナシータを配り始める。

そんな彼らに同行して、ワトとシータも各々の仕事を始めた。

「さてと、オレたちも向かうか」

兵士たちを見送りながら、カイエンが振り返る。

荷馬車付近に残ったのは、私とカイエン、あとはラシッド。

動きたがりのカイエンは、兵士たちに任せっきりで、ここにいるのが落ち着かないのだ。

「そうですね。ラシッド王子はどうしますか？　ここでみんなを待ちますか？」

「いや、私も手伝うよ！　このお菓子を配ればよいのだろう？」

「え、ええ、はい」

ラシッドは荷馬車からルナシータを一袋持ち上げると、繁々と見つめた。

振ってみたり、嗅いでみたり、珍しそうに観察している。

その側で、私とカイエンも袋に持てるだけのルナシータとお菓子を詰め込んだ。

「それでは王宮近くの民家のほうへ行くとしましょう。兵士たちもそこにはまだ行っていないはずだから」

「ああ。任せる。案内してくれ」

「では、付いてきて下さい」

ラシッドが先頭に立って歩き出し、カイエンと私はその後ろから続く。

こんな見通しの悪い霧の立ち込める中を、ラシッドは迷わずに進んでいる。

腐ってもロランの王子、住み慣れたエーデルの道は見えなくともわかるらしい。

少しだけラシッドを見直していると、霧は益々（ますます）濃くなっていった。

「カ、カイエン様？　隣にいますか？」

「いるぞ、すぐ側だ」

近くから聞こえた声に安堵すると、直後、誰かが手を握った。

「え、えっと、この手はカイエン様……ですか？」

「はぐれてしまわないようにな」

「は、はい」

繋いだ手から温かさが伝わる。

絶望に覆われた深い霧の中でも、こうして手を繋いでいると不思議となにも怖くなかった。

「仲がいいですね。少し妬けますよ」

霧の中から、ラシッドの声がした。

前方にいたはずの彼の声が、なぜか耳元から聞こえ、私は首を傾げた。

いつの間に移動したのだろう。

不思議に感じていると、今度は別の声が耳元で聞こえた。

「ようこそ。私の世界へ。絶望の領域へ」

冷たく、淡々としたその声は、女のようであり、男のようであり……。

しかし、どちらでもないような気もした。

ただわかったのは、霧を作り出した張本人が声の主だと言うこと。

つまり……『邪神』だ。

「カイエン様！　側に邪神がいます！　気を付けて！」

「なっ！　どこに……くそっ、なにも見えない。ルナ、オレの近くにいろ！」

カイエンはグイッと私を抱き寄せた。

すると、また声がした。

「おいで、絶望の領域へ。おいで、おいで……」

その言葉は、無機質で途轍もなく恐ろしい音を秘めていた。

これが邪神なの？

あまりにも地母神や精霊と違う異質な存在に、体温が一気に下がる気がした。

「カイエン様！」

「ルナっ！」

抱き合って、お互いの存在を確かめると、私たちは蹲った。

周りを囲む霧は物凄いスピードで動いている。

まるで、私たちはそのままで、周りだけが移動しているような、不思議な感覚に目が回りそうだ。

「どこかに移動しているのか!?」

「たぶん……絶望の領域、邪神のところです！」

短い会話を交わすと、私の肩に回したカイエンの手に力が籠る。

「なにがあっても守る」言葉にはしないけど、そんな彼の心が十分伝わった。

霧の渦巻く世界は、ゆっくりと回転速度を緩めると、やがて全貌を現し始めた。

白く美しい大理石の壁。薔薇の模様のタペストリー。赤いベルベットの調度品。

邪神に似つかわしくないその場所には見覚えがあった。

この世界に来て、なにもわからず不安でいっぱいだった私に、優しく声をかけ、頻繁にお茶に誘ってくれた人。

気さくで美しく、誰からも愛されたその人は……亡くなったロランの王妃様。

ここは、王妃様の部屋だ。

「カイエン様。私たちは、王宮の中にいるようです」

「ロランの王宮か。邪神の腹の中、だな」

最初国王陛下は、王妃様の部屋をアイーシャには使わせなかった。

だけど、時間が経って気が変わったのか、ある日あっさりと部屋を渡したのだ。

「久しいな、聖女よ」

声に振り返ると、そこにはラシッドが立っていた。

でも、王子の声ではない。

「ア、アイーシャ？　ど、どうして王子からアイーシャの声がするの？」

「ふっ。怯えるだけで、なんの役にも立たぬ者だったが、使い道はあったようだ」

「オレたちをここに連れてくるためにラシッドを？」

カイエンはラシッド（邪神）と私の間に立ちはだかり、剣を構えた。

「そう。私が操っていた。これを廃物利用というのだな」

ラシッドは青白い顔で不気味に微笑んだ。

その時、私は唐突に理解した。

ダメ王子のラシッドが、あんなに見事に指揮を執れるわけがない。

感じた違和感は、気のせいじゃなかったのだ。

「ロランが滅びれば、次はシャンバラへ行く。王と聖女を失った民の絶望は計り知れぬ。さぞや美味だろうよ」

「させるかっ！」

カイエンは、素早く剣の柄でラシッドの顎(あご)を殴った。

防御体勢を取っていなかったため、ラシッドは大きく頭を揺らしたあと、二、三歩よろめいて気絶した。

だけど、本体の邪神はふわりとラシッドから抜け出ると、ベルベットのソファーへと余裕で腰かけた。

その姿は妖艶な邪神アイーシャに戻っている。

「邪神が移動しました！」

「は？　どこだ!?　見えないぞ?」

部屋をキョロキョロと見回すカイエンには、邪神が見えていない。人に擬態していた時には誰にでも目視できたけど、邪神本来の姿に戻ると、私にしか見えないらしい。

カイエンは四方に意識を集中し、剣を構え攻撃に備えている。だけど、どう考えても邪神に剣は効きそうにない。

「さてと。余興は終わりだ」

ソファーに腰かけた邪神は、足を組むとニイッと笑った。

瞬間、カイエンの手から剣が離れ宙へ浮く。

そして、まっ逆さまにカイエンへと放たれた。

「カイエン様っ！　危ない」

叫んだあと、私は呼んだ。

この場面で最も有能な相棒を。心の中で、大きな声で。

「待ちくたびれたぜ！　バカヤロウ！　っておい！　黒幕の真ん前ってどういうことだぁ！」

文句を言いながらも、ディアーハは襲いかかる剣をヒラリとかわし、カイエンと私を背に乗せた。

出番がなくてぐずっていたところに、呼ばれたと思えばクライマックス……。

最高の登場シーンなんだけど、策のない今は死地に突入としか思えないよね、本当にスミマセン。

ディアーハは私たちを乗せたまま、邪神を警戒し距離を取る。

そんな聖獣を、邪神は目を見開き、まじまじと見つめた。

「おお！　美しく白き聖獣。私は以前からお前が欲しかったのだ。どうだ？　私に飼われてみぬか」

「フンッ！　舐めんじゃねーぞ。邪神に飼われるなんざ死んでもごめんだ！　こちとら、聖女から生まれた聖女の一部だからな！　生きるも死ぬも聖女と一緒だぜ」

「えっ⁉　そうなの？」

初めて聞いた事実に今度は私が目を見開いた。

護ってくれるもの、という認識はあったけど、自分の一部というのは初耳だ。

どうりで呼んだらすぐ来るわけだ。

五年も経ってそれを理解した私を、ディアーハは呆れた眼で振り返った。

「今更かよ。いや、それどころじゃねぇな」

「聖獣ディアーハ、ここから逃れることは可能か？」

カイエンは尋ねた。

「無理だ」

絶望的な即答は、私にしか聞こえない。

でも、カイエンは沈んだ私の表情で理解したようだ。

「わかった。それなら、なんとか時間を稼ぐことに集中しよう」

「あ、そうか。待つのですね？」

待つと言えば……そう、地母神ガラティアだ。

ロラン国民の不安が薄まれば、結界に隙が生じる。その機に乗じて、封印をする作戦だった。

だけど、その前にこっちがやられてしまう可能性のほうが高い気がする。

「おいおい。呑気だな。今は邪神の気まぐれで生かされているにすぎねぇんだぞ！」

ディアーハが怒鳴った。

座ったままの邪神は、感情のない目で私たちを見ていて、態度には余裕が感じられる。

美しく艶やかな姿が、より一層恐怖を増大させていた。

きっと、相手にもならない、と思っているのだろうな。

神と人間、天と地ほど力の差がある両者の戦いなんて結果は見えている。

だけど、こっちも覚悟を決めて来ているんですよ！　負けるわけにはいかないのですっ！

一度開き直ってしまえば、あとはもう落ち着くだけだ。

落ち着くために出来ることはいろいろあるけど、私は肩から提げた袋に勢いよく手を突っ込んだ。

「カイエン様。はいこれ、どうぞ！」

取り出したのはルナシータとぎゅうぎゅうに詰め込んでいたお菓子だ。余分に作っておいたたい焼きや、道中で食べようとシャンバラから持ってきた焼き菓子の数々。それらを適当に振り分けて、カイエンに渡したのである。

甘いものでも食べて、一旦落ち着こう！　作戦である。

「あ、ありがとう……」

「おいっ！　食っている場合かー！」

カイエンは困惑し、ディアーハは怒る。

そんなふたりに目もくれず、右手にルナシータ、左手にたい焼きを持ちボリボリムシャムシャ貪る私。

この光景には、邪神も少し怯んだようだった。

「あ、あり得ぬ。私を前にして、なんという態度……恐れはないのか？」

「え？　恐れはボリボリ……ですけどゴリッ……でも、モグモグ……ゴリッ、ボリボリ……」

「食べながら喋るんじゃねー！　なに言ってるのかわかんねーよ！」

ディアーハが鬼のように怒るので、仕方なく飲み込むと、私は邪神に向き合った。

「恐れはありますよ。だって圧倒的に邪神のほうが強いもの。でもね、怖い、悲しい、不安、そんなマイナス思考になる時は、美味しいものを食べればだいたい解決するんです！」

「な……」

邪神は美しい姿をユラリと歪めた。

終始余裕をかましていた敵の初めての動揺に……私のほうが動揺した。

なにか、変なこと言った、私!?

「正しいぞぇ。聖女よ、お主の考えは正しい。妾がお墨付きをくれてやろうぞ」

高飛車な声に振り向くと、空間に十センチ程度の歪みが出来ている。そこから七色の光が溢れ出し、目映い光が部屋を満たす。

なにが起こったのか、それはすぐにわかった。地母神ガラティアの降臨である。

「ガラティア様！」

光に向かって叫ぶと、いつもの人型へと変化しながら、ガラティアが降り立った。

しかし、どこか様子が違う。

よく見ると、ガラティアの装いは、薄紫のドレスから、純白でフリル爆盛りの豪華なドレスに変わっている。

頭にもキラキラのティアラを着けていて、地母神というより、結婚式を控えたティンカーベルのようだ。これが、本人が言った「権能、爆上がり」効果だろうか？

私の驚愕の表情を楽しそうに眺めながら、ガラティアは邪神を指差し叫んだ。

「邪神よ！　妾は地母神ガラティアであーる！　好き放題やっておったようだが、そろそろや め時じゃぞ？」

「地母神だと⁉」

前のめりで威張る地母神と、わかりやすく狼狽える邪神。

ふたりの姿が見えないカイエンは、神々の睨み合いにただならぬ雰囲気を感じたのか、説明を求めた。

「どういう状況なのだ？」

「えーと……今、ガラティア様と邪神が対峙中で」

「やはり。空気がビシビシ爆(は)ぜるような気がした」

「ええ、一触即発という場面です」

こそこそと小声で話す私たちを乗せて、ディアーハはガラティアと邪神からゆっくり離れた。

ここからはもう、神々の領域である。

なにもできない私たちは、隅でツッコミを入れながら……いやいや、祈りながら成り行きを見守るしかない。

「地母神よ。私の結界をよくも破ってくれたな！」

邪神はソファーから立ち上がった。

「ははは！　結界なんぞ、妾の力で軽くパリーンじゃ！」

パリーンと、ガラティアは叩き割るジェスチャーをした。

「結界を破ってどうするつもりだ？」

「封印じゃ」

「ふっ、容易く封印出来ると思っているのか？」

「お前こそ、出来ないと思うておるのか？　この妾の輝かしい姿を見れば、どれほどの力があるかは一目瞭然だろうが？」

ガラティアは、ドレスを翻してくるりと回ると、最後に可愛らしいポーズを決めた。

確かに、衣装はグレードアップしている。でもそれで、力が上がったかどうかなんてわからないと思うけど？

しかし、邪神は頭を抱えて踞った。

「くっ……くそ……」

「諦めるがよい。お前も薄々感じておるのじゃろ？　今世界は正の感情で満たされつつある。それもこれも、聖女の作った菓子の賜物じゃ」

え、そうなのですか⁉

と、喉元まで出かかった言葉を、私は呑み込んだ。

余計なことを言って、話がややこしくなるのは絶対避けたい。

「菓子⁉　菓子とはな。そうか。国落としの邪魔になると思い、追い出した聖女に、逆にやられたと言うわけか……口惜しい」

「相手が悪かったのう。まさか聖女が隣国でイモを植えて商品化し、バカ売れするとは思うまいよ」

地母神と邪神は示し合わせたようにこちらを見た。

まるで変な生き物を見るような視線に、私の繊細なハートはグリグリと抉られる。

こっちだって、商品化されて売れるなんて思わなかったのに……あんまりよっ。

「というわけでな、邪神よ、お前は大人しく封印されておけ！」

「断る。素直に従っては邪神の名折れだ」

「面倒臭いのう……全く、妾のように素直でないと愛されぬぞえ？」

やれやれと肩を竦めたガラティアに、私は声を大にして言いたいことがある。

面倒臭いのは地母神も同じであると！

いや、あなたのほうが面倒臭いかも、と！

そんな私の思いをよそに、向かい合った地母神と邪神は、各々戦闘体勢に入った。

「封印されても、何百年か何千年後か……私は必ず目覚めるぞ？　人が存在する限り滅ぶことはない。それは知っているはずだろう？」

牽制しつつ、邪神が問う。

「もちろんじゃ！　だが、その時はその時。妾ではなくとも、お前を封印する神はいるじゃろ。人が信仰を忘れぬ限りの」

「ふん……」

「言いたいことは終わりかえ？　ならば、行くぞ」

ガラティアは一歩邪神に近付くと、両手の親指と人差し指で三角形を作る。

そして、ぐいっと邪神の額に焦点を合わせた。

負けじと邪神も、自身の周囲に黒い靄を発生させて撹乱する。

しかし、ガラティアの指先から溢れる煌めく光は、邪神の靄を徐々に押し込んで行き、やがて部屋の内部は白く染まった。

「くっ……」

地母神の白い光が邪神の姿を包み込み始めると、低い呻き声が聞こえた。

その声には、どこか諦めたような響きがある。

きっと、邪神にもわかっていたのだ。ガラティアに敵わないこと、封印されてしまうことが。

「さらばじゃ。願わくは、永久に眠っていて欲しいがな」

「そうはならない。人はまた傲る……」

不穏な言葉を最後に、邪神アイーシャは消えた。

全てが終わったのを見て、ガラティアは腕を下ろし、ふぅと息を吐く。

部屋の緊張状態が消えてカイエンもほっとした様子を見せ、ディアーハも警戒を解いた。

これで終わった……のよね？　ロランは救われたのよね？

私が問いかけようとすると、先にガラティアが口を開いた。

「よくやったぞ。各地でうまく事を運んだようだな」

ディアーハは周りの安全を確認して、私とカイエンをガラティアの元まで運んだ。

「ありがとうございます、ガラティア様。思ったより来るのが早くて助かりました！」

「うむ。結界の弛みが早くてすぐに来られたのじゃ。ロランの民をどうやって妾の信者にしたのか知らぬが、ここに来る途中の村なぞ、地母神ガラティア像が建っておったりして……漲（みなぎ）る信仰に、奮起してしもうたわ。ワハハハハ」

「地母神ガラティア像ですか!? へ、へぇー……」

胸を張るガラティアに、笑って頷き返しておいたけど、本心ではドン引きしている。

いったい、シータとワトはどんな布教をしたの!?

こんな短期間で石像が建つなんて。地母神が張り切って来るはずだわ。

「この王宮最後の結界も、お主によって弱められたからのう。なんの問題もなくここまで来ることができたのだっ」

「えっ？ それどういう意味ですか？」

私によって王宮の結界が弱まった？

おかしいな。だって、なにもやってないんだもん。

やったことと言えば、お菓子を食べていただけだ。

「は？ わかっておらんのか？ 王宮の結界も国の結界と同じ、恐怖や不安で強度を上げる。しかし豪気な聖女は、あろうことか邪神の前で菓子を食うという暴挙に出て、負の感情を消したのじゃ！」

ガラティアは勝ち誇ったように笑った。

それはつまり、一旦落ち着こう作戦で貪ったお菓子が、結界を弱めたということ？
食べて不安を払拭したから、結界が弱まって、ガラティアがすんなり入って来られた、と⁉

「うわ。なんて安易な」

「なにを言う。お主が単細胞なおかげで、世界が救われるのじゃ！　誇れ！」

無理、誇れない。単細胞と言われて、誇れる人がいるなら見てみたいわ。
でも、そのおかげで全てがうまくいったのなら、もうなにも言うまい。
単細胞万歳……と思っておくわ。
空笑いする私の後ろで、カイエンがディアーハから降りた。
そして、私が見ているほうに向かって深く頭を下げた。

「地母神ガラティア、本当にありがとう。皆救われた」

カイエンの態度に気をよくしたのか、ガラティアは顔を綻ばせて答えた。

「うむ！　これからも、妾を信じ付いてくればシャンバラの発展は間違いなしじゃ！」

その言葉を、私は一言一句、聞いた通りカイエンに伝えた。
今まで、ガラティアの言葉は、私が簡単に纏めて話していた。
だけど、カイエンには本当のガラティアを知って欲しくなったのである。
偉そうでわがままで高飛車。でも、どこか憎めなくて魅力的な地母神を。
カイエンは、私の言葉を聞いたあと、一瞬とても驚いた。

それから、楽しそうに大笑いし、私の思った通りの反応をしてくれたのである。

「いや、しかし。シャンバラの王は実に有能であるのに、なぜ、ロランの王子はこうも阿呆なのだ？」

ガラティアは足元を見た。そこにはラシッドが転がっていて呻いている。

そうだった。忘れていたけど、彼、いたんだよね。

「ラシッド王子？　生きてますか？」

屈んで声をかけると、うーんと唸りつつ、こちらに顔を向けた。

意識はまだ覚醒してないようだけど問題はなさそうである。

ひとまずラシッドのことは放っておいて、もうひとりの重要人物を捜さなければ。

「ロラン王はどこでしょうか。この部屋にいると思うのですけど」

「寝台に転がっておるのが、それじゃないのかえ？」

「え⁉」

ガラティアが指差すほうには、寝台があった。

見事な造りの寝台には、分厚いカーテンが掛かっている。

歩み寄り、恐る恐るカーテンをよけると、広い寝台の中央に、ロランの国王陛下が横たわっていた。

見事だった金髪は白髪に変わり、顔色も悪く、目視だけでは生死の判断がつかなかった。

「へ、陛下？　大丈夫ですか？」

軽く揺すって様子を見ていたら、カイエンがやって来て王を抱き起こした。

「ロラン王！　しっかりしろ！」

声をかけながら、心音を確かめると、カイエンは少しほっとした表情をした。

とりあえず生きている。そのことに安堵していると、王がうっすら目を開けた。

「うぅ……」

「陛下！」

「ロラン王！」

呼びかけが聞こえたのか、王は視線を彷徨わせる。

ぼんやりと定まらない視点は、まずカイエンを捉え、次に私を捉えた。

「聖女……か？」

「そうです」

私を確認すると、王はカイエンの手を借りて、きちんと半身を起こした。

「なんとなく、覚えている。こんなことになった経緯も……そして、そなたにした仕打ちも……」

「……そうですか」

ロラン王の呟きを聞いて、私の胸中にあの日の出来事が甦る。

逃げるように去った時の、つらくて悲しかった記憶。

どこにも居場所がなくなった喪失感や、必要とされないと知った時の絶望。

全てが甦り私は俯いた。

「なにを言っても、遅いのはわかっている。私は……王妃を失った悲しみに耐えられなかった。占いやアイーシャに縋ったのも、彼女のいなくなった心の隙間を埋めるため。まさかあれが、邪な神だったとは……」

ロラン王は独り言のように言った。

王妃様が存命だった頃、ふたりの仲がどれほどよかったか、直に見ていた私はよく知っている。

家族を失った悲しみも、少しはわかるつもりだ。

「だからと言って、責務を放り出した言い訳にはならない」

うなだれる王を叱責したのはカイエンだ。

「そなたは？」

「オレはシャンバラの王、カイエン。差し出がましいようだが言わせてくれ。皆の生活と命を預かる責任者として、貴方のしたことは間違っている……王を名乗るなら、自分の気持ちよりも、民を優先するべきだった」

誰よりも責任と感情の間で葛藤したカイエンだから、簡単に投げ出した王が許せないのかもしれない。

言い方が厳しいのも、同じ王だからこそだと思う。

「シャンバラの王よ、そうかもしれぬ。しかし、どうにもならなかったのだ。その時は……」

「済んでしまったことは仕方ない。これからどう償っていくかを考えるべきだ。幸い邪神は封印され、民にも大した被害はない。大地も元通りになるはず……だよな？」

カイエンは突然私を振り返った。

恐らくガラティアに確認を取ってもらいたいのだろう。

地母神は今、ディアーハの背に乗り、楽しく遊んでいる最中だ。

「ガラティア様？　どうでしょうか？　ロランは元通りになりますか？」

「ん？　おお、そうじゃなぁ。各地に妾の像を増やし、日々崇め奉れば一月(ひとつき)じゃの」

「一月……あれ？　でも、シャンバラは一瞬でしたよ？」

「シャンバラは特別じゃ！　妾を呼び起こした聖地ぞ？」

知らないうちに、シャンバラが聖地認定されている。あっ、そうか。助けて下さい！と言った時、ガラティアが即答したのは、シャンバラが聖地、いわゆる生まれ故郷みたいなものだったからだ。

変に納得してしまった私は、会話の内容をカイエンに伝えた。

「一月で修復できるとは。さすがガラティア様だ」

シャンバラ王の誉め殺しに、地母神は小躍りした。

これは、人たらしの称号に神たらしも加えたほうがよさそうだ。

「聖女よ。いや、ルナよ。そなた、力が戻ったのだな」

見えないものと話す私を見て、ロラン王が言った。

「あ、いえ、元々力は失くなってはいなかったのです。邪神の結界で精霊が入って来られなかっただけで……」

「ああ、そうであったか。そうであったのか。私は、本当に至らぬな。すまなかった」

王は深々と頭を下げた。

弱々しく震える肩は、心からの懺悔(ざんげ)のようで。

追い出された日に心に負った傷が、その懺悔でゆっくりと塞がれていく気がした。

「陛下、もういいです。私、シャンバラで居場所を見つけましたから。大切な家族を」

「家族か。カイエン王のことだな?」

「はい！　そして、シャンバラに住む人たちみんなが、私の大切な家族です！」

言い切ると、ロラン王は今日初めて目尻を下げた。

それは、昔見た柔らかな笑顔。王妃様が居た時にいつも見せてくれていた優しい顔だ。

「私は以前、酷いことをした。干ばつに苦しむシャンバラに聖女を派遣するのを断り、手を差し伸べなかった。全てが、私の行いに対しての報いだな」

王はゆっくりと寝台から立ち上がると、倒れたラシッド王子の側へしゃがみ込んだ。

「償いにもならぬと思うが、私はこれを機に、退位して跡目を譲ろうと思っている」

「ええっ⁉　ラシッド王子にですか⁉」

「大丈夫なのか⁉」

「本当に滅ぶぞえ？」

恐ろしいことを言ったロラン王に、私、カイエン、ガラティアが次々に心配した。

いや、心配というか、はっきり言って悪口である。

「まぁ、誰しもがそう言うだろうな。甘やかされて育ったために、軟弱な男になってしまってな。だが！　もう容赦はせん。これからはビシビシとしごいてやるつもりだ」

「はぁ……頑張って下さい。かなり大変でしょうけど」

そう言うと、ロラン王は「任せてくれ」と微笑んだ。

私は床で呑気に気絶したままのラシッドを見つめ思った。

せめてロランのみなさんに迷惑をかけない程度の甲斐性はつけて下さいと。

……そう切に願うばかりである。

ロラン王と王宮正門で別れ、私とカイエンは町に出た。

覆っていた白い霧はもうどこにもなく、見慣れた城下町の風景がそこにあった。

「よかった。霧が晴れていますね」

カイエンと頷き合っていると、町の中心地辺りに人集り(ひとだか)が出来ているのを発見した。

「ああ。一安心だな」

霧が晴れたことで、民家からは大勢の人が出てきている。

そのほとんどが、中心地にある広場に集まっているようだ。

「なんでしょうね……あ、あれ！　シータやワト、イズールさんもいますよ！」

広場にはシャンバラの荷馬車が止まっていて、シータがたい焼きを作り、イズールがルナシータを配りながら忙しく働いている。

その近くでは、ワトがビラ配りの布教活動をしていた。

もう、布教活動はしなくていい、と言うべきか。

でも、イキイキとしたワトを止めるのも可哀想だし、ガラティアの力もまだまだ必要である。

そんなわけで、今後もワトには継続して布教活動をしてもらおうという考えに落ち着いた。

「では、妾は先に帰る。シャンバラで会おうぞ！」

ふわふわ浮いていたガラティアは突然帰国宣言をした。

「は、はい！　ありがとうございます！　今日はお疲れ様でした！　また、シャンバラで！」

「ガラティア様！　ありがとうございます！」

空気を読んだカイエンは、私に続いてお礼を言った。

すると、満足そうに微笑んだガラティアはスーッと空に溶けるように消え、続いてディアーハも姿を消した。

「また、シャンバラで、か」

カイエンが言った。

「え、どうしました？」

「いい言葉だと思わないか？　また、シャンバラで。そうやって、皆が集まれる楽しい国にしたいものだよな」

「出来ますよ！　だって、カイエン様が王なのですから！」

「そ、そうだろうか……う、うん、頑張るよ」

カイエンは空を仰いだ。

災厄が過ぎ去った空は透き通る青。

遥か向こうのシャンバラまで続いているだろう青空を見ながら、私は思い切り息を吸った。

エピローグ

ここはシャンバラ王宮、ルナシータ製造所。

今朝も元気にシータのかけ声が中庭に響き渡っている。

「大きく腕を前にぃー、いっちにー、さんしー！」

夜明けとともに始まる従業員全員での体操は、仕事前の日課。

その日一日、清々しい気持ちで仕事に励めるようにと、私の発案で始めたのだ。

「はい、深呼吸ー！　大きく吸ってー、吐いてー。吸ってー、吐いてー……今日も一日、頑張るぞっ！」

「おー‼」

シータの喝に、気合いの大声で返す従業員たちは、始業の鐘を聞きながらそれぞれの部署へと散って行く。

それを見送ったあと、振り返ると笑顔のカイエンがいた。

だいたい彼も朝の体操に参加している。

製造所の従業員ではないけど、体を動かすのが好きでこうしてやって来るのだ。

「おはよう、ルナ」

「おはようございます、カイエン様。晴れてよかったですね！　今日の落成式」

「ああ、いい天気になりそうだ」

カイエンはうーんと背伸びをした。

落成式とは、レグラザードに新しく建てられた神殿の完成を祝って行われるものだ。

「シャンバラの奇跡」の日から少しずつ準備を始め、この度漸く完成した、地母神ガラティアを讃えるための場所。

もう既に、私の脳裏には高笑いをする地母神の姿が浮かんでいる。

「製造所も今日はお昼までなので、そのあとみんなは落成式に行くらしいですよ？」

「お祭りだからな。出店も多いし楽しめると思うよ。オレたちはそういうわけにもいかないが」

「ええ。来賓が多いですからね」

この落成式には、アッサラームを筆頭に他国からのお客様がたくさん来る。

王族や大臣、各国の使者などが参加するのだけど、彼らの接待をカイエンとともに行うことになっていた。

「悪いな。いろいろ忙しいのに手伝わせて」

「いいえいえ。平気ですよ？　賑やかなのは楽しいですし、忙しいのも好きなので！」

私は微笑んで見せた。

王妃として、ともに来賓の応対を……と、申し訳なさそうに頼まれたのは少し前のことだ。

製造所の仕事に加え、ガラティアや精霊たちとのコンタクト、その他諸々を抱える忙しない私にカイエンは気を遣っている。

「そうか、うん。ありがとう。とても助かるよ」

「お礼なんて言わないで下さい。『まだひとりしかいない妃』なんですから、私が頑張らないとっ！」

「ん？　なんだそれ？」

カイエンは思い切り首を傾げた。

「え、あの……これからまた増えるでしょう？　お嫁さん」

「誰の？」

「カイエン様の」

キョトンとして答えると、カイエンは真顔になった。

「それはもしかして、側室を迎えるという話か？」

「はい。側室っていうか、正室？　とにかく王様なのですから、お嫁さんもたくさん必要でしょう？」

王妃に向かない小市民が、いつまでもシャンバラ王の隣にいるのは間違っている。

ロランから守るために王妃にしてくれたけど、やっぱり私じゃ力不足だ。

これからもっと大きくなるシャンバラなのだから、どこかの王族から正室をもらったほうがいいんじゃないかな。

私には「製造所の所長」という立派な肩書きがある。それで十分幸せだ。

……で、でも、まぁ、姉タイプの嫁がひとりいてもいいって言うのなら、妃のひとりでもいいけど？

そんなことをぐだぐだ考えていると、突然カイエンが大声を出した。

「側室など必要ない！」

「えっ!?　あ、あの？　カイエン様？　なんでそんなに……」

怒るのですか？　と言いたかったのに、彼のあまりの剣幕に言葉にならなかった。

「わからないのか!?　そうか、態度ではダメなのか。はっきりきっぱり言わないと、ルナには全く伝わらない、ということなのだな」

怒りから一転、カイエンは大きく溜め息をつき、そのあと、なにかが腑に落ちたように微笑んだ。

「あの、私、なにかしました？」

「いや。お前のせいじゃない。オレの落ち度だ」

「は、はぁ」

「とにかく、側室や他の妃はこれから増えることはない。オレの妃は、あとにも先にもお前だけだ」

カイエンは真っ直ぐに私を見た。

あれ？　お嫁さん……もう増えないんだ。

そう思った私は、自分がとてもほっとしていることに驚き、同時に本当の気持ちに気付いてしまった。

いろいろ理由をつけては否定してきたけれど、もうどう考えても、私、カイエンのこと……。

「そ、そうなのですか。じゃあ、私、もっともっと、頑張らないといけませんね！」

気恥ずかしくなって、思わず声が上擦った。

でも、そんな私をカイエンはとても優しい目をして見つめた。

「気負う必要はない。出来る範囲でいいのだ。出来ないことは皆で助け合って乗り越える、シャンバラはそんな国だろ？」

今まさに昇る朝日を背に、シャンバラの王は太陽のような微笑みを浮かべた。

神々しくもあるその姿を目にし、私は思う。

たとえこの先、なにが起きようとも、カイエンの隣でシャンバラのみんなと生きられるなら、なにも怖くはない。

この国で出会えた全ての人、全ての出来事に感謝しながら、私はカイエンに微笑み返した。

～END～

あとがき

みなさま、初めまして。藤 実花です。

『能無しと捨てられましたが、真の聖女は私でした～聖獣と王様と楽しく働いているのでお構いなく！』を手に取っていただき、ありがとうございます。

書籍版には、ロラン国の話と新しいお菓子の話が追加されています。どちらも面白く仕上がっていると思いますが、特にロラン国（ラシッド王子視点）のお話は、シャンバラの陽の部分とロランの陰の部分の比較が出来て、物語をより一層楽しめるエピソードとなりました。ぜひWEB版と比べてみて下さいね。

この物語のキーワードでもある「芋けんぴ」ですが、実はここだけの話、お話に出したのは執筆時にちょうど食べていたからなのです！　お気に入りの芋けんぴ屋さんのもので、とても美味しく、わが家では大箱（一kg）で購入し家族で貪ります！　食べていると止まらなくなるんですよねー。無意識のうちに半分以上食べていて、あとで体重計に乗るのが怖くてたまらない……。本当に「芋けんぴ」には抗えない力が秘められている、そんな気がしませんか？シャンバラの「ルナシータ」もそんな魅惑のお菓子なのだと思います！

本書発売日の十一月初旬辺りは、秋も深まり食べ物がより美味しく感じられる季節ですよね。

食欲の秋、読書の秋、ぜひみなさまも「芋けんぴ」を片手にゆっくり読書などいかがでしょうか？　ただし、その後の体重増加に関しては、責任持てませんが（笑）

最後になりましたが、初めての書籍化にあたり、優しく丁寧なアドバイスを下さった担当編集の方々、右も左もわからない初心者の担当は大変だったと思います。本当にお世話になりました！

また、素敵すぎる神イラストで世界観を百倍広げて下さった、凪かすみ先生！　カバー、キャラデザ、挿絵が編集さんから届くたび、感激のあまり泣きそうになってしまいました。物語のキャラクターたちを生き生きと描いて下さってありがとうございます。

そして、この物語を読んでくれた読者のみなさま。みなさまなくして、物語は輝きません。心から感謝申し上げます。

それでは、またどこかで会えることを願って。

藤実花（ふじみか）

能無しと捨てられましたが、真の聖女は私でした
～聖獣と王様と楽しく働いているのでお構いなく！～

2021年11月5日　初版第1刷発行

著　者　藤 実花

発行人　菊地修一

発行所　スターツ出版株式会社

〒104-0031　東京都中央区京橋1-3-1　八重洲口大栄ビル7F
☎出版マーケティンググループ　03-6202-0386
（ご注文等に関するお問い合わせ）

https://starts-pub.jp/

印刷所　大日本印刷株式会社

ISBN　978-4-8137-9105-8　C0093　Printed in Japan

[藤 実花先生へのファンレター宛先]
〒104-0031　東京都中央区京橋1-3-1　八重洲口大栄ビル7F
スターツ出版（株）　書籍編集部気付　藤 実花先生

ベリーズ文庫の異世界ファンタジー人気作

Berry's fantasy ベリーズファンタジー にて

コ×ミ×カ×ラ×イ×ズ×好×評×連×載×中×！

転生王女のまったりのんびり!? 異世界レシピ

①～③

雨宮れん

イラスト　サカノ景子

定価 693 円
（本体 630 円＋税 10%）

転生王女のまったりのんびり!? 異世界レシピ　雨宮れん　illustration サカノ景子

転生幼女の餌付け大作戦
おいしい料理で心の距離も近づけます！

料理人を目指す咲綾は、目覚めると金髪碧眼の美少女・ヴィオラ姫に転生していた！　敵国の人質として暮らしていたが、ヴィオラの味覚を見込んだ皇太子の頼みで、皇妃に料理を振舞うことに…!?「こんなにおいしい料理初めて食べたわ」――ヴィオラの作る日本の料理は皇妃の心を動かし、次第に城の空気は変わっていき…!?

ISBN：978-4-8137-0644-1　※価格、ISBN は 1 巻のものです